Lucarne

DU MÊME AUTEUR

Aux éditions Le Serpent à Plumes

Rêves sous le linceul, 1998

Raharimanana

Lucarne

Nouvelles

Le Serpent à Plumes

Collection Motifs
dirigée par Pierre Bisiou

MOTIFS n° 96

Illustration de couverture : © Karen Petrossian,
Olivier Mazaud, Bernard Perchey

N° ISSN : 1251-6082
N° ISBN : 2-84261-166-7

Le Serpent à Plumes
20, rue des Petits-Champs - 75002 Paris
http ://www. serpentaplumes. com

À PROPOS DE L'AUTEUR

Raharimanana est né en 1967 à Antananarivo (Madagascar). Il vit en région parisienne depuis 1989.

Il a écrit une pièce de téâtre, *Le Prophète et le Président*, qui a reçu le 2e prix du concours de théâtre interafricain de RFI en 1990 (UBU repertory, 1991) et des nouvelles parues dans *Le Serpent à Plumes* et *Revue Noire*.

PAR LA NUIT…

C'EST UNE CARESSE que je laisse glisser le long des fleuves sinueux de tes hanches que j'appellerais extase. Fleuves sinueux où dérivent les vents faciles des désirs, c'est une caresse appelée extase que j'ai prodiguée pour ton corps. Et ramper et sur ta peau répandre les volutes de l'amour. C'est une caresse par la nuit sournoise, une caresse prise à l'ombre et qui se love dans le creux de tes reins.

Par la nuit sournoise, quand il n'y a plus ni marchands ni étals sur la place des rencontres, on nous entrelace sur les pavés humides, on nous lance à tout hasard parmi les légumes pourris des bords de trottoirs, j'humecte ma bouche de la fine pluie qui tombe sur la ville, sur ta peau. On nous fait faire l'amour parmi les détritus des ventres rassasiés, je te baise, tu me baises, nous nous baisons. Par la nuit sournoise qui ignore nos misères.

C'est une caresse que je tresse sur les courbes de ton dos que j'appellerais volupté, caresse d'onde et de vague, de boucle et de toison.

Une caresse par la nuit sournoise, quand il n'y a plus ni marchands ni étals sur la place putride, quand dehors le jappement des charognes se sera fait râle en nos cœurs.

Par la nuit sournoise, sur une caresse qui enroule nos jambes, quand ramper est dit fendre le ciel, on nous déchire à tout va de nos nappes paradisiaques. Et sur la place publique, sur la place des vols et des tueries, on nous roule tout de chair et de sensualité sur le ciment défoncé. Je m'arrache à toi, tu t'arraches à moi. Nous nous arrachons sur la place interdite. Et des coups au ventre, et des secousses aux entrailles et vomir mon foutre parmi les eaux faisandées des poissonniers.

Par la nuit sournoise, sur les coups de minuit, des couvre-feu et des sorcelleries, on nous relève suant d'amour le long des colonnes de la ville. On nous crache dessus, on se rit de nous.

C'est une caresse effacée sur ta misère que j'ai volée à mes lèvres tuméfiées, une caresse de plaie et de souffrance, de blessure et de pus. Par la nuit sournoise qui nous salive, liqueur d'amour, ondée de luxure.

Par la nuit sournoise, sur les pavés des haines, toi nue qui t'ouvres en sang et qui t'écoules pourrie le long des caniveaux...

Viendras-tu encore me vendre ton corps, viendras-tu encore leur tendre tes jambes ? Ils s'en vont. Ils se perdent dans la nuit noire. Les conquérants, les maîtres de la place publique...

Par la nuit sournoise...

L’ENFANT RICHE

SOUFFRIR, qu'est-ce ?

Une effroyable envie de crever pour que vivre ne soit plus le lot de personne.

Un chant...

Tout chante, sauf là, là où les notes de la valiha* auraient pu vibrer, se mêler à tous les cris, cris existant pour être harmoniques.

Cris...

Le cri d'un quelconque animal, l'appel d'une femme en rut, et tout et tout.

Tout chante.

Le cœur se suspend, puis repart dans un battement balbutiant. Un Enfant court – sale, presque nu –, trébuche sur les marches de pierre. Il y a des

---

* *Instrument traditionnel à cordes. (N. d. A.)*

ruelles et des ruelles, des ruelles qui montent, montent. On aperçoit le Rova* au hasard des regards qui parviennent à éviter l'écran des murs immenses, des maisons serrées les unes contre les autres.

L'Enfant… il est là, mains au bas-ventre, faussement intéressé, comme ébloui devant une affiche publicitaire. L'image de la gitane réfléchit dans la mare. La mare n'est pas due à la pluie d'hier. L'ivrogne y pisse, le « monsieur » aussi, la « madame » guette le soir, lève sa jupe, etc., etc. L'Enfant imite.

La mare est un petit lac grâce à la contribution de tout un chacun. Elle est le fruit de la coopération des bonnes gens. Des petites cultures y poussent, des lichens bien verts, qui déjà montent à l'assaut de l'affiche – affiche striée de traînées sales et sur laquelle la gitane se trémousse à travers son voile de fumée !

Tout danse.

L'Enfant a fini. Il secoue un peu, petites gouttes qui tombent dans la mare. Il regarde si rien ne dépasse de sa petite culotte mal cousue ; là devant, il penche un peu la tête. La gitane rit-elle ? La braguette tient encore le coup.

Une bouteille de Coca traîne. L'Enfant la ramasse. Il y a dedans un peu d'eau, l'eau de la mare ? Qu'importe… La bouteille lui ferait quelques francs de plus pour ces choses que l'on avale, quelques sous de plus pour pouvoir visiter la masure d'un très cher cousin. Une masure qui ne sent pas très bien, un très cher cousin toujours absent et à qui on laisse un message significatif. Oh ! Pas besoin d'être lettré, il suffit de laisser une trace sur le papier froissé. Il comprendra. « J'ai mangé », lira-t-il. William qu'il s'appelle, quelquefois aussi Claude, ou bien on oublie carrément son nom, mais jamais sa présence, jamais son appel. JAMAIS !

– M'sé !

L'Enfant montre la bouteille de Coca. Le comptoir est très haut et le Chinois parle encore affaires au téléphone.

Lumière grise dans un décor insolite : « Des dragons plein partout le mur ! »

– M'sé...

Tchuing, tchang, pling, plong, bonzour-sava. Les Chinois ont un rhume terrible. Et tout le temps !

– M'sé ?

– Hmm ?

– Coca, dit l'Enfant en tendant la bouteille.

L'homme est gentil mais il ne faut pas venir en groupe. Un par un, bien sage, bien sale, bien seul !

100 fmg !**

Dehors : paradis ! Rivière de délice qui empor-

---

* *Le palais de la Reine, qui domine Antananarivo.*

** *100 francs malgaches (environ 15 centimes). (N. d. A.)*

terait, emporterait… ô senteur ! Le riz bien cuit, des rots en perspective…

– M'si m'sé !

Sortir. Le cœur tressaute, le ventre se réchauffe sans raison apparente. Un petit chien court aussitôt aux talons de l'Enfant. L'animal a un de ces flairs. Pas étonnant qu'il soit aussi vigoureux !

Envie d'être chien !

Des voitures passent, toutes des belles voitures reluisantes. Dedans, des belles dames qui portent des lamba* – qu'elles sont chics ! – Une 505… Encore une autre, une Volvo rouge : superbe ! Une Toyota – quelle marque ? … – Une Mercedes avec un petit chien sur la banquette arrière, petit chien bien peigné, bien lavé, bien propre, un joli ruban autour du cou. Petit chien qui n'aboie jamais, qui garde toute sa dignité. Pardi, quand on roule en Mercedes, on n'a pas le droit de rappeler ses origines, cela ferait mauvais effet. L'on est tout simplement bourgeois, humain ! Pour un peu, le petit chien se mettrait à parler. Il s'affaisse sur la banquette, fait semblant de dormir. Un trait de lumière illumine le rouge vermeil de son ruban.

L'Enfant n'est pas pressé, il a paix en l'esprit et 100 fmg dans la poche. La tombe n'est pas encore pour aujourd'hui. Brille toujours le seul, l'unique œil du jour : ô soleil à travers les feuilles innombrables du jacaranda. Le regard de l'Enfant suit la taille de l'arbre : immense ! Immense malgré la plaque métallique clouée sur son tronc. Y sont inscrits quelques caractères, quelques lettres : le nom d'un prince sûrement. Les princes aiment rappeler leur présence partout.

Soleil ô soleil !

D'autres gosses pareils à lui jouent dans la rue, font des tours d'adresse avec un citron. Le citron remplace le ballon de foot. Par-là un amorti de la poitrine, un coup de patte, le citron vole vers un autre allié. Par-ci des têtes, un retourné. Vole, vole le citron, ne jamais toucher terre.

L'Enfant serre sa pièce dans sa main. Rassurante la pièce, euphorisante... Il s'éloigne. Trou dans le cul de sa culotte : donner ses fesses aux entrées sournoises du vent, plaisir quand il sentait frais l'air s'y infiltrant.

Soleil ô soleil !

Flâner.

La poussière colore ses pieds en jaune un peu noirâtre. Le jaune, c'est la folie. Le noir, la mort. L'enfant marche. Le petit chien des rues le suit toujours, tourne autour de lui, le précède, va arroser, laver un banc public déserté par la propreté.

Des chants, des voix...

Accélérer le pas. Une foule s'entasse autour d'un groupe de mpihira gasy**. Ils chantent de

---

* *Tissu porté en parure sur les épaules.*

** *Troupe de danseurs et chanteurs itinérante. (N. d. A.)*

leurs voix gutturales, de leurs voix mal adaptées au chant, des voix qui hurlent plutôt. Mais l'Enfant est enthousiasmé. Il tient son argent dans son poing. Le petit chien vient renifler les danseurs. La foule rit. Tout le monde est content. On jette des pièces. L'Enfant aussi. Son unique pièce.

Il applaudit !

Les bonnes gens semblaient un peu perdues mais ils souriaient. Les yeux brillaient : des feux que l'on ne pouvait éteindre mais qui partaient d'eux-mêmes, laissant leurs maîtres froids, indifférents, sans vie. Les yeux se détachèrent peu à peu des mpihira gasy, se reportèrent sur les façades des grands établissements. Un homme sortit des rangs de la foule, bouscula. L'Enfant tomba sous le heurt. L'homme partit, n'ayant rien aperçu.

Mal aux fesses !

Du coup, l'Enfant sentit la faim cogner à son ventre. Entre ses doigts, il n'y avait plus la présence chaude de son argent, il n'y avait que les lignes de sa main, des lignes s'achevant sur des fourches de fatalité. Il se précipita sur sa pièce. Là, au milieu des autres, au pied des danseurs. Son visage rencontra un talon bien ajusté. On le tira en arrière. Un coup entre les cuisses, au bas-ventre, un autre dans le dos. Sa tête heurta le sol goudronné. L'Enfant porta la pièce dans sa bouche. Serrer les dents. Quelqu'un essaya de lui desserrer les mâchoires. Il avala la pièce et suffoqua. Les coups s'arrêtèrent.

– Le salaud !

– Fils de putain !

Un dernier coup de talon derrière la nuque et l'Enfant sombra dans l'inconscience. La foule se dispersa, les danseurs ramassèrent leurs pièces. Seul le petit chien resta. L'Enfant gisait au milieu de l'allée. Des jambes passaient, quelques regards s'attardaient, quelques pitiés voltigeaient pour disparaître comme des feuilles au vent violent. Rester n'est pas bien. L'on pourrirait. Passer, passer comme le fait si bien la vie. Passer... Salope de vie.

Il espérait la nuit, il espérait dormir – dormir ô petite mort qui grignote dans la chair, dans l'âme – sombrer et faire taire cette brûlure dans les entrailles. Il avait faim, il avait mal. Le mal, la faim, deux appels à la vie.

– Maman... !

Le petit chien se retourna. L'enfant sentit la pièce dans son ventre. Pouvoir manger avec cette pièce, avec cette pièce !

Sa tête lui semblait légère, légère... Ses pieds, lourds comme du plomb, collaient au sol – le haut et le bas s'entre-tirent, au milieu, il y avait la pièce. Elle, si présente, comme seule existant...

Une fontaine.

Les seaux alignés ressemblaient à n'importe quelle queue. Les fillettes qui y attendaient étaient des statues quelconques. L'Enfant voulait boire, beaucoup boire. Il regarda la petite fille remplissant son seau.

– Non !

La bouche fit une petite moue, les paupières se fermèrent un peu, la tête se détourna : une graine de bout de femme... Déjà !

L'eau coule.

L'Enfant bave.

La fillette s'en alla, son seau d'eau sur la tête. L'Enfant se précipita sur le robinet libre. Les autres s'écrièrent, tirèrent sur ses hardes, sur sa culotte qui se déchira. Maintenant, on riait. Il regarda le bout de son linge dans la main d'une de ces furieuses. Quelque chose de plus que ses fesses était en l'air. Son orgueil pendait et il le contemplait étonné. On riait toujours.

Et l'eau qui coulait !

L'Enfant voulut aussi rire – bêtement – mais la pièce retourna dans son ventre. La brûlure, encore plus intense... Faire fi des rires, se pencher... Boire ! On arrosa son derrière qui pointait découvert.

L'Enfant se tenait de respirer, son ventre gonflait. Il sautilla pour écouter la pièce clapoter dans son ventre. Ça résonnait bien. Le petit chien aboya.

Il sautilla encore, retenant bien sur ses hanches ce qui restait de sa culotte nouée bout à bout.

– Sors ! Sors de mon ventre !

La pièce clapotait sans réfléchir, sans penser que d'elle dépendait une vie. Au bout de la rue, une porte s'ouvre. Oh, la bonne odeur de la viande bien assaisonnée...

Freiner le pas, faire semblant d'être plus innocent qu'un condamné à mort, marcher dans les ruisseaux comme si l'on jouait comme tout enfant digne de l'être. À l'intérieur, la radio proférait des sottises, des choses révolutionnaires et censurées. Atteindre la porte mal fermée, s'apprêter à s'y faufiler souplement... ô bonne l'odeur de la viande. Le petit chien passa entre les jambes de l'Enfant, poussa avec fracas la porte, cette porte d'espérance qui maintenant devenait une porte d'enfer.

Bruits dans la maison : aboiement de chien, des verres cassés, des injures... L'homme se connaît en matière d'injures.

Le petit chien sortit en courant, un morceau de viande est dans sa gueule. L'Enfant exultait. Il courut après l'animal. L'animal courut après la solitude. Là où lui seul serait avec son appétit. Deux petits êtres s'éloignent rapidement dans l'obscurité des ruelles silencieuses...

Un « monsieur » devant l'affiche publicitaire. L'image de la gitane tremblote dans la mare. Aurait-elle peur du « monsieur », de la cascade d'eau qui se déverse dans la mare ?

Deux petits êtres, deux points s'approchent rapidement dans le silence des ruelles obscures.

– Ici !

L'Enfant hurle. Le petit chien court.

Le « monsieur »... Il a fini. Il penche un peu la tête, secoue. L'Enfant le heurte. L'image de la gitane n'est plus dans la mare : un « monsieur » étalé de tout son long dans un petit lac singulier, un enfant confus regardant un animal disparaissant derrière une maison.

Faim !

Faim et mal à la tête, mal au dos, mal aux fesses, mal au ventre, mal partout.

Mal ! Mal !

L'Enfant sanglotait, une bouffée de violence le soulevait. Tout s'embrouille. Tout pleure. Il lança son poing dans le visage de l'homme.

– Salaud, voleur, sorcier !

Il reçut en retour ce qu'il avait donné, mais en plus nombreux, en plus généreux... percutant.

L'Enfant gisait une fois encore.

Des voix :

– C'est quoi ça ?

– Un pauvre gosse affamé.

– Et ce sang ?

– ... !

Se lever, pleurnicher. Du sang coulait de sa bouche. Un beau rouge couleur de soleil. Le sang coulait. Salé, c'était salé. L'Enfant lécha ses lèvres fendues. Le sang fila sous sa langue. Il l'avala. Il avala encore, encore... Sa faim s'apaisa. Il voulut que cet écoulement n'en finisse jamais. Ses mollets tremblaient. Il remonta un peu sa culotte. Il avait envie de pisser.

Pisser.

Il allait marchant contre les murs, sa vessie lui brûlait, son ventre aussi, ses lèvres. Tout brûlait. Il se libéra sans avoir eu le réflexe de baisser sa culotte. Il sentit un filet chaud descendre le long de ses cuisses. Cela lui fit du bien.

– Maman… !

Les ruelles ont aussi de bons échos.

Il s'appuya fortement contre le mur, puis s'affaissa lentement, dos raclant le ciment rugueux, très lentement.

S'asseoir.

Il serra son ventre de ses deux mains, chercha du bout des doigts à deviner la pièce : 100 fmg !

Revenu, le petit chien lui mordilla la plante des pieds. La pièce était là. Il se leva. Boire, beaucoup boire. Et après recracher le tout. La pièce suivra-t-elle ?

Il n'y avait personne près de la fontaine. Le soir descendait. Lâcher un soupir : un soupir filant comme un vent hagard…

Boire, beaucoup boire.

Il appuya sur son ventre. Vomir, vomir. La salive seule vint. Il s'enfonça un doigt dans la bouche, dans la gorge. Dégobiller !

De l'eau gluante, seulement cette eau gluante. La pièce reposait impitoyable au fond de ses entrailles. Sa culotte glissa de ses hanches. Ne pas s'en apercevoir. Tout nu, l'enfant se mit à avancer, avancer droit vers le soleil, vers ce soleil couchant entrevu sur les toits, au bout des ruelles... Il aurait aimé aussi, comme lui, basculer dans l'horizon, basculer dans le vide.

Enfant nu à la peau tiède de sueur, sueur ou eau des enfers qui dégouline sans pudeur.

Au loin, les cloches des cathédrales résonnaient. Les bonnes gens priaient le fils de Dieu et arboraient leurs nouvelles parures. Dame ! Il faut être bien mis devant le Christ, cela le changera de ces anges sobres et intègres. Que ne fera-t-on pour adoucir la misère du dieu ?

Faim !

S'effondrer.

L'odeur de la terre monte au cerveau. C'est comme une poussée brutale qui compresse tous les nerfs. Clore les paupières. Se tenir immobile, ventre à terre. Les moustiques assaillent. Bien, c'est bien ainsi. Les piqûres provoquent une contraction des muscles. La contraction appelle la force. La force est comme le désir, elle donne envie de vivre, de survivre. Il se releva péniblement.

100 fmg !

Sourire bizarre, une grimace ? Rire ! L'Enfant riait, fit semblant de rire, de n'être pas ce qu'il est : une loque ! Il prit une démarche de député : ventre en avant, bras écartés, courtes jambes lancées très haut.

– Ha ! Ha !

Il riait.

Transe !

Le monde rapetissait… Lui, il grandissait. Ah ! Grandir ! Le ciel descendait, la ruelle glissait sous ses pieds. Combien de folie, combien de délire pour pouvoir sentir ce qu'il éprouvait, lui ?

Dégobiller ! Dégobiller !

100 fmg !

– Salauds ! J'veux mourir, crever !

Pourquoi le monde est-il ? Pourquoi vivre est appelé privilège ?

– M'sé !

– Non.

– M'sé !

– Non.

L'Enfant tendait la main. Il est maintenant un mendiant en bonne et due forme, avec en plus 100 fmg dans le ventre ! De l'argent qui fait corps avec lui ! La vie en personne est dans ses entrailles et nul ne pourra la lui reprendre, pas même le président de la République !

RUELLES

VINNIE danse. J'ai oublié de vivre. Ses pieds nus se posent sur ma poitrine. J'ai cessé de respirer. Vinnie ô Vinnie ! Danse ! Danse encore !...

Vinnie, le nom qui vient du néant, qui surgit dans les nuits pour me surprendre dans mes rêves presque éveillés. À gauche, je tourne la tête. Voici Vinnie. À droite... ô Vinnie. Elle chante. Je m'enfouis la tête dans l'oreiller. Elle chante. Les fibres de mes nerfs se tendent. J'ai oublié les minutes. J'ai ignoré les heures. Je me retourne, le lit grince. Vinnie est là. Je tends les mains. Vinnie n'est plus là. Je m'avance, je m'avance. Vinnie. Vinnie.

Un coq chante. Puis deux. Trois. Quatre. Tous les coqs chantèrent, s'appelèrent d'un bout à l'autre de la terre. Si près, si loin. Bien avant eux, j'étais éveillé. Dans le noir, je rêve à Vinnie. Mains derrière la nuque, le front envahi par la fièvre. Vinnie, je gémis comme le bébé dans son sommeil.

Il pleut. Il tombe un crachin des matins froids. Ô Vinnie, je fais semblant de fermer les yeux. Je sens la lumière qui pénètre la chambre. La voici qui rampe sur le parquet, la voici qui gagne les pieds du lit, la voici qui me remonte le corps. Je la sens sur mes jambes, elle s'attarde sur mes cuisses, entre mes cuisses. Elle pèse sur mon ventre, me glisse vers la poitrine et redescend vers les bras. La voici qui inonde mon visage. C'est le jour, ô Vinnie. Le jour qui m'arrache à mes songes de toi, qui me propulse dans la poussière des têtes humaines, et poussière devins-je aussi, poussière parmi les poussières. Il me faut me lever. Me lever puis me mettre en route. Rejoindre l'Autre.

Il pleut. Je marche sous la pluie. Les oiseaux ont disparu. Une rose se plie. Des gouttes d'eaux se lovent dans ses pétales. Le vent est froid. Vinnie... ton nom à chacun de mes pas, à chaque goutte de pluie qui percute le sol. Il pleut. Je marche. Mes pas dans le brouillard touchent l'ouïe fine des félins. Des chats miaulent dans les gouttières oubliées. Ombre immobile dans la pesanteur des toits, c'est Vinnie que j'aperçois. Vinnie la furtive, Vinnie la silhouette qui trouble l'œil. Je longe une barrière. Derrière la barrière, il y a des arbres. Par-delà les arbres, une maison. Je m'arrête, m'appuie contre la barrière. Je regarde là, je regarde ici. Ami, ne cherche pas dans les nuages celle qui a disparu un instant ! Vinnie, Vinnie... Dans les épines les feuilles d'une rose fanée.

Un homme passe, tête couverte de cellophane, la pluie y tombe en filets innombrables vers les robustes épaules. Le soleil crève le brouillard du petit matin. Par-delà l'horizon, derrière le soleil, Vinnie dort, cheveux épars sur les seins. L'homme n'est plus au bout du chemin qu'une ombre mouvante qui s'éloigne. Reprendre mes pas. Les glisser furtivement dans le brouillard qui voile la terre au soleil. La pluie s'en va. Je marche. Je marche. L'Autre est déjà là qui m'attend. Une fillette joue dans un creux de terrain, sables et brindilles d'herbes dans les cheveux. L'Autre est là à me fixer du regard. Ses yeux sont grands, ses espoirs immenses. Je mets mes mains sur son visage. Il y a l'horizon embrumé qui filtre à travers mes doigts. Je délivre mon visage, je détends mes traits. Quelques feuilles mortes s'envolent, soudaines, brusques. Un silence... L'Autre est là. Elle met ses mains autour de mon cou. L'embrasser. Elle me caresse la poitrine. Lui caresser les cheveux. Dis... Est-ce que tu m'aimes ? Dis ! La fillette a disparu dans un trou de sable. L'aimer ? Non, non ! Vinnie, reviens-moi. L'enfant éclate de rire. Ô Vinnie, toi, toi, moi, deux fumées que le vent disperse. Il y a mes larmes qui coulent et je réponds à l'Autre. Oui, je t'aime. Oui, oui... Là-bas, l'enfant tombe et pleure. Un chien aboie sous l'ombre d'un arbre nain. L'Autre me prend la main. Ton sourire, Vinnie. Je m'y attache, je rêve. La rose et le vent, l'odeur dans le mouvement. Ta main, Vinnie. Je suis heureux. Nous marchons main dans la main. L'Autre est là. Ses yeux sont immenses, ses espoirs comblés.

Le nom d'une rose, le nom du vent : Vinnie. Une jeune fille aux cheveux noirs. La brise la pousse. Elle court sur la plage. Nue. Cheveux dans le vent. La mer gronde. Vinnie. Crier. Mais une grosse boule dans la gorge, liquide froid pétrifiant le sang, empêche de hurler. Vinnie. Mes yeux me font mal. Vinnie s'éloigne. Mes bras retombent pendant le long des hanches. La grosse boule remonte. Une larme coule.

Une main me frôle le visage. Tu pleures ? L'Autre est là. Près de moi. Anxieuse. Je tourne la tête. Voici Vinnie. Je m'enfouis la tête dans l'oreiller. Vinnie ! Qu'est-ce que tu as ? L'Autre se lève. Affolée. Nue. Vinnie. Ô Vinnie. L'Autre revient, un verre d'eau à la main. Elle me soulève la nuque. Bois ! Bois ! Ses seins ont l'odeur chaude des lits d'amour. Vinnie, je garde l'arrière-goût de ta chaleur dans la profondeur de mes souvenirs. Vinnie dans mes rêves, Vinnie l'image qui repart vers le néant. Vinnie le parfum qui se dissipe. Bois ! Bois ! La chambre respire Vinnie. Vinnie est ma vie. Vinnie est la volupté qui sort de son cocon. Entre mes lèvres la tiédeur de sa bouche. Je bois, je bois. Je m'agrippe à l'Autre. Son corps tombe sur mon corps. Ma main la fouille. Le verre roule sur le parquet. Calme-toi. Je t'aime. Je t'aime. Souffles rauques. Brûlure dans l'entrejambe. Je m'abats sur l'Autre. Vinnie ô Vinnie. Tu aimais mes dents qui mordaient dans ta chair, tu aimais mes genoux qui ébranlaient tes cuisses, mon crâne qui te cognait à la poitrine, mes ongles qui t'arrachaient la peau. Tu aimais mes cheveux qui piquaient dans tes yeux, ma verge que tu absorbais.

Fini !

L'Autre s'affale sur le lit. Je regarde dans le vide. Des sueurs coulent sur mes tempes, me glissent dans le cou, sur la poitrine, sous les aisselles, dans le creux du dos, entre les fesses...

Un trait de lumière se faufile entre les persiennes, tombe sur la chaise. L'Autre ferme les yeux, traits détendus. Heureuse. Heureuse.

Vinnie, t'en souviens-tu ? Les enfants abandonnés se blotissaient contre les portes muettes. Nuit sans lune et ruelles désertes, asphalte sans véhicules. Et tintaient et vibraient les cloches des cathédrales. Tu serrais ton châle contre ton corps, tes pas mugissaient presque. Silence. Silence dans les arbres, silence sur les toits, silence partout. Un murmure dans l'air se brisait. Un chuchotement s'écrasait sur les murs. Une peur mûrissait dans nos cœurs. Deux hommes surgirent au bout de la rue. Fuir. Résonnaient les pavés. Fuir. Fuir. Ils nous poursuivaient.

L'Autre bouge, elle s'éveille. Qu'est-ce que tu as ? Tu as mal ? L'Autre est là. Anxieuse. Aimante. Elle craque une allumette, allume la bougie. Son ombre écrabouille la blancheur du mur. Non, je n'ai rien, rien, rien. RIEN. RIEN !

Ils nous poursuivaient Vinnie !

L'Autre applique sa main sur mon front, me masse la poitrine. Ils nous poursuivaient. Nous pénétrons dans les ruelles. Tu trébuchais, je te relevais. Fuir. Les escaliers montaient. Des flaques d'eau sur les marches de pierre brillaient sous les feux des fenêtres. Tu trébuchais. Vinnie. VINNIE. Ils approchaient. Lève-toi. Vinnie. Crier. CRIER. Vinnie. Des lames scintillaient dans leurs mains rugueuses. Des lames…

Qu'est-ce que tu as ? Dis-moi ce que tu as ? Où as-tu mal ? Attends, je vais chercher un médecin. L'Autre court, l'Autre se précipite, enfile une robe à la hâte, s'empêtre avec sa ceinture. Elle sort de la chambre. Je reviens mon chéri, je reviens. La porte qui s'ouvre.

Vinnie, ils t'ont violée ! Tu gis morte, ouverte, écartelée. Vinnie. Non ! Vinnie. Je ricane. Je regarde le plafond. Je me dis : Vinnie ne m'est rien, rien du tout. Et je ris, je tousse. Je ris. Mes toux se changent en hoquet de larmes. Je ris, je pleure. Une souris gratte le parquet. La lueur de la bougie vacille. Il y a dans la pièce un vent. Un vent terrible. Un vent froid qui m'assèche le cœur. La lueur de la bougie faiblit. La flamme, si petite, elle va s'éteindre. Elle s'agite. Un dernier spasme et c'est le noir. Seule la fenêtre sort de l'ombre. Des chiens aboient dans la cour. Un bruit de moteur, une voiture s'arrête. Des portières claquent. Des pas dans l'escalier. Vinnie, j'ai mal. Mal de toi. Vinnie est Amour, Vinnie est ma vie. Vinnie est en moi. Ses yeux brillent, elle m'aperçoit, désinvolte, courir vers elle. Vinnie ô Vinnie. La porte s'ouvre. Ils s'approchent. Ils sont tout près. Chéri ? Je suis là mon chéri. Voici le docteur. Tu trébuchais ma Vinnie, ils approchaient. Je me glisse hors du lit. En douceur, en silence, dans le noir. Ils approchent Vinnie. Je me cache derrière les rideaux. Chéri, je suis là. Chéri ? Mon Dieu, mon Dieu ! L'Autre est anxieuse. Désespérée. Il y a une panique qui prend la place de son cœur. Chéri ? Ils courent, ils se précipitent hors de la chambre, fouillent la pièce. Chéri ! Ils sortent. Chéri…

Vinnie, je marche dans la nuit noire. Je marche. Pourquoi j'aime tant marcher ? Lorsqu'en mon âme tu pénètres, lorsqu'à chacun de mes pas je t'enfonce dans mon cœur, dans ma chair, je me sens libre Vinnie. Je me sens moi. Rien ne me préoccupe. Vinnie occupe toutes mes pensées. Vinnie est ma vie. Je marche. Je suis léger. Tu chantes

Vinnie. J'ai oublié de vivre. Tu chantes. Encore une chanson… J'en veux encore. Chante Vinnie, chante ! Je vivrai ma vie dans un pas de danse, dans le rythme du tam-tam, de la guitare. Que sais-je encore… dans le son de ta voix.

Dans les nuits noires, secouer la tête. Marcher en dansant. Se foutre de la gueule des gens étonnés. Et rire, rire aux éclats sous les étoiles qui tapent des mains. « Douce, je suis fou tu sais. » Douce, va-t-en un instant, je suis fou tu sais. Pas ainsi tes regards sur moi, je suis pas fou tu sais. Faire semblant de vivre. Faire semblant de rire. T'aimer ô Vinnie. T'aimer. Toujours. Soif de tes lèvres. Soif de ta salive. Avide de tes baisers. Avide de tes caresses. Mais je marche dans la ville, ombre errante, silhouette courbée. Sur le sol, ton visage se dessine et quand je renverse la tête, il y a dans le ciel un de tes sourires. Un de tes sourires. Je t'aime. Je t'aime tant.

Paix. Paix ô mon cœur. Calme, calme. Apaise tes larmes. Doux, doux. Tais-toi, mais tais-toi donc ! Chante Vinnie, chante ! Je tuerai, dis-je, ce cœur de sanglot dans le son de ta voix. Je le roulerai là, là. Je le piétinerai. Lève le pied et écrase ! Pavés en sang, mes pieds sont rouges, Vinnie. Je marque les ruelles de mes pas sanglants. Un morceau de brique git au coin d'un mur. Vinnie, toi, toi, ouverte, écartelée, corps plaqué au mur. Tu étais là comme étaient là ces fillettes qui jouaient à la marelle, comme étaient là ces jeunes gens qui jouaient à l'amour, à la vie. Ohé ! Venez ! Ici, ça remue, ça bouge, y a le soleil ! Mais lointains nous parvenaient leurs chants, leurs rires et cris. Je marche dans la nuit noire. Je marche dans ma nuit noire et de mes pas résonnent les ténèbres des ruelles. Vinnie n'est pas là et vide est mon cœur dans ce coin salubre de ma solitude. Dans ce froid, entre ces murs, ma petitesse qui hélas tombe dans l'abîme de ma tristesse se rétrécit encore pour devenir désespoir. Vinnie. Vinnie…

Descendre les escaliers de pierre. Descendre et crier. Ho ! Trébucher. Crier, reprendre équilibre. Bonjour madame, bonjour monsieur. Pouvez-vous m'indiquer le chemin du paradis ? Le paradis ? Descendez jusqu'à vous foutre les talons des pieds dans la gorge. Ah ! Les salauds ! Bonjour mademoiselle… Le paradis dites-vous ? Oui mademoiselle. Prenez à gauche, puis continuez tout droit, c'est là ! Merci mademoiselle. Mais pourquoi, pourquoi vous vous en allez dans l'autre sens ? Mademoiselle, mademoiselle ?? Elle passe. Elle passe devant une porte vitrée. Corps superbe dans la lumière bleutée que filtre un rideau en dentelle. Mademoiselle ? Elle a disparu. Il y a là un dépôt de charbon, une odeur suffocante de poussière noire. Marcher dans ce sol mou. Marcher lentement. Marcher dans le néant. Murmurer mademoiselle à l'infini. Murmurer. Mademoiselle ? Mademoiselle… Je m'enfonce dans les ruelles qui descendent. Odeur de pisse, odeur excrémentielle.

Un dégueulé y a chié son cœur pourri, son âme corrompue. Descendre. Se crever les yeux dans la blancheur des étoiles. Se casser le cou dans la contemplation du ciel noir. Marcher puis se cogner. Il faut tourner le mur. Les marches de pierre remontent. Mademoiselle ? Ruelles en défilés de plus en plus étroits, falaises de murs immenses qui m'écrasent, qui me broient. La joue frôle une gouttière odorant mille déjections. La joue hérite d'une goutte visqueuse qui vite glisse dans le cou. Une froideur nauséabonde s'étale sur toute la poitrine. Puanteur. Puanteur. Mademoiselle, mademoiselle… Le chemin du paradis s'il vous plaît. S'il vous plaît. Il faut crier. Il faut hurler. Il y a des hommes derrière ces murs. Hurler mademoiselle à l'infini. Hurler. Mademoiselle ? Mademoiselle… Je m'enfonce dans les dédales ténébreux. Il faut tourner un mur, sortir les pieds d'un caniveau éclaté. Les chaussures font un bruit épouvantable. L'eau des enfers monte par les pieds. Il y a des mouches qui bourdonnent. Je pue. Je pue. Vinnie, des mouches… Qui se posent sur le front, qui pénètrent sous la gorge. Les écraser à travers la chemise puis les sentir, liquide gluant, imbiber les pores. Courir. Éviter le pied des murs humides. Des mouches. Je cours dans de la fange. Je dérange des odeurs pestilentielles vautrées sur le sol. Je dérange. Vinnie, Vinnie, il faut m'aider. Je ne veux pas tomber. Il faut tourner un mur. Là, il y a une lueur. Je vais à toi, Vinnie, je cours vers toi. Une lumière tombant lèche les bases des murs. Je vais à toi Vinnie, je suis à toi.

Déboucher !

La rue est belle. La rue est si belle. Les pavés scintillent et miroitent mon ombre. Il tombe un crachin. Il me parvient des bruits lourds de pas cadencés. Une patrouille surgit. Je rase les murs, je frotte ma joue contre le ciment caillouteux. Vos papiers ! Non, je n'ai pas de papiers. Vos papiers ! Pas de papiers, pas de papiers. Vinnie, Vinnie... QUOI ? La rue est si belle, la pluie si mélancolique. Vinnie, tu aimais nos lèvres unies sous la pluie, nos corps collés par la pluie. La pluie, Vinnie, il pleut. Fouillez-le ! Non. NON ! Fuir. Les pavés résonnent. Fuir. Il y a une détonation qui déchire le silence compact. Il y a dans mon dos comme un petit trou qui me creuse, qui me harasse. Fuir, Vinnie. Fuir. Ils approchaient, ils nous poursuivaient. Je tombe. Il faut me relever. Tends-moi la main, Vinnie. Tends-moi la main. Mon amour, ma seule vie...

LÉPREUX

FRAÎCHEUR sous l'ombre de l'arbre. Arbre immense, des feuilles aussi innombrables que les rochers qui se mirent là-bas sur le versant de la colline. Une terre rouge et sensuelle, nue sous les caresses du soleil. Une poussière légère se soulève. Un vent est passé.

Fraîcheur ! Ah fraîcheur...

Les racines de l'arbre, comme des doigts égarés, s'étalent hors du sol. Des fourmis vont et viennent, dedans, dehors... Un chien renifle, un coq bat des ailes. Les chaînes cliquettent. Bras qui bouge, chasse une mouche irritant le visage, mouche aussi verte que les excréments d'un enfant qui a mal au ventre. Le bras reprend sa place auprès de la jambe. La main dessine machinalement une grille sur le sol. Doigts caillouteux, presque élégants à côté des racines… Les bracelets des chaînes brillent autour des poignets.

Le chien s'approche : un ennemi ! Ennemi moins pire que l'homme. L'homme qui a trouvé le fer, l'homme qui a forgé les fers, l'homme qui a mis aux fers, l'homme qui a inventé l'enfer. Fraîcheur sous l'ombre de l'arbre. Les chaînes cliquettent. Bras qui bouge, main qui cherche des cailloux, qui les trouve et les lance vers le chien. Le chien montre les dents, grogne puis s'éloigne. Un soupir, la poitrine se soulève, s'abaisse. Le dos s'appuie contre l'arbre. La tête retombe en arrière, les cheveux crépus contre les écorces. Les paupières se fermèrent. Des couleurs, des images, des scènes…

Savane. Nuit. Courir.

Les étoiles sont belles dans le ciel : les chiennes ! Nu le soir, d'une nudité qui donne froid. Nu par ce vent qui rase le sol, nu parce qu'il n'y a pas d'ombres qui le voilent dans ce ciel trop clair.

Courir et marcher. Marcher puis courir. Un pas devant l'autre, un pas, un pas, un autre… des pas, des pas : piétiner, piétiner, abîmer, détruire, le contre-coup de la vie formée.

On dirait que toute la terre est savane.

Ne plus retourner dans ce camp de pourris, de décomposés : lépreux !

S'en aller loin. Ailleurs… vers cet ailleurs qui

miroite au bout de l'horizon. Voici venir le damné, l'être qui n'a ni parents ni amis, ni âge ni sexe : lépreux !

Courir ! Vas-y, fuis lépreux de malheur, cours ! Tendre les muscles des jambes. Se foutre des cailloux qui raclent la plante des pieds. Au contraire, s'en réjouir, en jouir de ce mal, mal si passager.

N'avoir plus mal depuis longtemps ! Ne plus… Oh ! ne plus retourner dans ce camp de pourris, de décomposés. Camp où tant de souffrances se compactent en une seule indifférence. L'indifférence : seule issue d'une chair qui se décompose.

On dirait, on dirait que toute la terre est savane, un frémissement d'herbe perpétuel…

Silence.

Une envie de crier.

Yeho ! Mais le silence est un espace impalpable. Crier. Crier. Crier. Se prouver que l'on peut recréer du tumulte au milieu de ce désert tranquille. Tumulte, temps où s'aiment homme et nature, s'aimer dans un corps à corps passionné. Tout s'épanouit dans le tumulte, dans la souffrance… en vue d'une mort. Pas dans cette indifférence, dans cette insensibilité. Ô mon cœur glacé ! Un roc !

Courir ! Vouloir ressentir, vouloir vivre !

Des petites lumières là-bas. La ville, une ville, une vie. Ho ! Voici venir le maudit. Hé ! La lèpre, ça se soigne, ça se soigne sauf dans un tel pays.

Des voitures… Elles foncent dans la nuit : classique ! Voitures qui pétaradent, qui pètent du gaz. L'asphalte est un long serpent plat que l'on écrase. Ombres filantes les voitures. Un froid descend. Une passante souffle dans ses mains. Surtout pas rencontrer son regard ! Lui tourner le dos, baisser la tête, laisser cette mare-là au coin du trottoir se mirer dans les yeux… Une boîte de conserve vide… deux pieds qui s'en vont : elle est passée ! L'avenue est belle. Les jacarandas s'alignent dans la brise légère.

Soif ! Peur d'avaler la salive. Elle a comme un goût amer.

Quelques bouts de papiers poussés par le vent s'arrêtent au pied d'un banc public. Un réverbère calque par terre une ombre immense. Une ombre qui marche tête courbée : une ombre si lointaine… Une fine bruine tombe : les pleurs du ciel ! Quelqu'un crie : un ivrogne ! Il y a toujours un quelconque ivrogne dans les nuits. Un miaulement : un chat dans ses amours. Un gueulement : l'ivrogne. Pourquoi cette absence de peur ? L'ivrogne va tuer, l'ivrogne va étrangler, griffer ces chairs crevassées, faire péter la peau de cette poitrine. Pourquoi ? Pourquoi ? Pourquoi ce vide devant les autres ?

Avoir mal !

L'ivrogne s'éloigne, s'éloigne déjà, le derrière cahotant, les épaules s'efforçant d'être droites, bien plantées.

– Oléolé ! Viva les militarios !

Solitude. Suivre l'ivrogne.

Une enseigne clignote. C'est beau les enseignes. Elles sont un clin d'œil au plaisir, une complicité entre l'objet et soi-même. L'objet, le support de tout plaisir. Oh ! Ces doigts qui ne sont plus capables de caresse, d'étreindre quelque chose !

Lépreux !

Un bar ! L'ivrogne s'y engouffre. Y entrer ! Y entrer ! Franchir le seuil… Comme un passage vers l'ailleurs. La lumière est bleue, d'un bleu électrique. La lumière – connaître – devient toujours couleur – rêver, ne pas voir dans la crudité des choses. Le noir… Le noir n'est pas dans l'arc-en-ciel. Il n'y a pas d'ombres au ciel. Il n'y en a que sur terre. Les ombres… là où se cachent, se précipitent toute couleur, tout sentiment vivace, rebelle. Mais vouloir sa part d'ombres !… VIVRE !

La lumière est bleue, d'un bleu électrique. Des murs en bambous, une ampoule qui pend nue, des moustiques qui bourdonnent dans le murmure des clients, des moustiques qui ne tombent pas malgré les odeurs, les fumées. Des petites tables de bois, des tabourets qui jouent des pieds. Quelques vieillards, chapeaux de pailles dérangés, mégots aux lèvres, barbes hirsutes : voilà donc les hommes !

Des hommes !

Ceux à vie normale, ceux qui allient si bien or et mal, larme et râle, désir et frustration... violence !

Le mal, la souffrance : en vouloir ! En vouloir et exister. EXISTER ! Vibrer, sentir. Je te boirais l'enfer pour me faire braise et flamme... vie ! Ne plus retourner dans cette pourriture de camp. Non ! Non ! Tant de froideurs... Non ! Tout ce néant qui s'infiltre, coule en moi et qui efface, efface peu à peu tout pouvoir de communiquer !... L'âme, le corps se résignent. Ne plus émettre, ne plus recevoir !

S'asseoir !

Se prendre la tête dans les mains. Rire ! Ris ! Ris donc ! (Rêver de deux jambes nues, deux jambes fermées que les doigts écarteraient, les doigts qui s'en vont, qui progressent plus loin, effleurent...)

Voilà donc les hommes ! Des formes qui entrent dans le décor, que l'on ne distingue plus des tables, des verres, de ce bâton appuyé contre le mur... Tremblent les muscles du cou. Se fige le dos. Une aigre effervescence dans la bouche. Je suis calme, calme !

L'on s'approche. Envie de cracher. S'inventer des larmes, des larmes qui obstinées restent au fond des yeux. Celui qui s'approche va tuer. Oui, il va tuer... IL VA TUER ? OUI ! Il peut tuer, un homme peut tuer... Il s'approche.

Plus près, viens plus près encore. Une ombre

éclabousse le mur, rampe, s'étire, s'allonge, se tord. Elle se penche. Un homme ? Non, une ombre.

Là !

Un cou... Serrer, serrer – une euphorie ! L'ombre repousse par les mains, les mains qui touchent... « Oui, c'est ça ! Touche ! Touche ! Tu existes bel et bien ! » Homme mais pas décor, statue !

Les yeux, ces yeux ! Serre.

Pas de force dans les mains. Les mains ont horreur du contact de ma peau : « Ma peau cloquée de lépreux contagieux ! »

Serrer !

Corps mou qui s'abandonne ! Jeter le corps – vulgaire chiffon. Des yeux, tous ces regards épouvantés, des reflets de glace ! Des bruits, des chaises qui tombent, des tables qui craquent. Des petits cris... Des voix rauques : grincement de panique !

Faire un pas. Se sentir géant, le seul humain. L'on s'écarte sur mon chemin. Sortir. La nuit dehors est univers.

Dans le vague, dans le noir, les collines entourant la ville. Belles sont les collines, grandioses les mamelles de la terre. Lécher les phares des voitures qui donnent visibilité à mon corps.

Courir !...

Un palmier si haut que Dieu peut y prendre nid... Croiser un attelage à chevaux qui tangue sur les bombements de la rue. Derrière, quelque part, dans un autre univers submerge la conscience d'un mort. Le mort par mes mains. Ces mains encore capables de tuer, de donner paix éternelle. Une paix... Une contemplation infinie, perpétuelle, la raison pure, une existence tellement différente de la vie, sans ces armes contre le froid, l'inertie sans cesse menaçant : violence, mal, souffrance. Une existence toute de force et de puissance limpides, chaudes.

Courir ! On dirait que les étages et les voitures chutent sur mon front, que les pavés et les voitures s'arrachent de mon ventre pour se propulser vers les étoiles... ô étoiles si belles : toutes des charognes ! Pourquoi être si loin ?

Courir ! Des genoux qui tremblent, des pieds qui s'emmêlent, tomber ! Le noir, le flou... (Deux jambes nues, écartées, qui délivreraient toutes les bêtes à gueules béantes. Ô voitures qui écrasent, bétons qui s'abattent sur la poitrine !)

La loque humaine se traîne la nuit. Une loque, une loque ! Ne plus retourner dans cette ville de pourris, de décomposés, de figés !

Courir puis mordre la poussière. Le noir puis l'odeur de la terre qui monte au cerveau. Se relever. Ô ces mains calleuses... mains de lépreux, les mains du seul homme ! Courir encore. S'éloigner de cette pourriture de ville. Ville où tant d'hommes se font objet ! Tant de souffrances pour colorer une toile que l'on n'exposerait que dans l'obscurité totale !

Mort : une existence sans égale, une existence que l'on ne peut connaître qu'après avoir passé par la vie, par les pleurs.

La loque humaine se traîne. Devant, quelque part, se dressent les palissades du camp : ô mon camp de lépreux, si humain !...

Il y a une voiture qui arrive. Viens petite voiture. Il faut me tuer... Oui, me tuer. C'est bon de mourir à l'instant que soi-même a choisi, que c'est bon ! Ah furieux le Destin !

Viens, petite voiture, me heurter.

Elle, la mort, elle, elle arrive.

Elle arrive. Attendre qu'elle soit à ma hauteur pour m'y jeter : « Qu'elle m'écrase donc ! »

Ronronnement si près. Maintenant !

Un choc, sombrer : ma part d'ombres ! Une lumière vive qui me déchire les rétines, un gros phare irréel, un pare-choc. Recule et s'en va petite voiture. Ses pneus crissent un moment. Un peu de poussière, un peu de sable taquinent le sol. Dans un trou le lépreux ! Au bord d'une route perdue... émanation d'essence, de gas-oil. Goût de sang dans la bouche...

Fraîcheur sous l'ombre de l'arbre. Laisser les doigts caresser les racines de l'arbre, puis les yeux cheminer au ras du sol vers ce mortier de bois au milieu de la cour. Le pilon est plus loin, contre le mur de la maison. Là près de la porte. La porte qui s'ouvrira... Une sœur sortira. Elle redemandera pourquoi je m'enchaîne ainsi, elle me suppliera d'être raisonnable et je raconterai encore, encore...

Ce goût de sang dans la bouche... Une voiture disparaissant engloutie dans la gueule de l'horizon. Le cœur s'était remis à palpiter fiévreusement, spasmodiquement comme avant. Le cœur s'était dit que ce trou humide où était le corps représentait l'enclave qui génère, que cette voiture qui s'éloignait, qui avait donné mal était le feu qui a provoqué l'étincelle, l'étincelle de vie. Beau le ciel, belles les étoiles dans le firmament, ô le firmament. Mal dans la nuque, ma nuque qui frotta le bord de l'asphalte : « Les étoiles sont si belles, belles ! »

La petite sœur effacera avec son voile le pus sur mon visage. Ses larmes couleront doucement et elle fera un signe de croix, je cracherai alors sur elle. Elle qui partira, repartira. Puis je pleurerai. Il faut que je pleure, les pleurs sont mes seuls liens avec le monde : lépreux !

Lépreux, loque humaine qui s'était relevée. Route perdue, un suicide raté. Marcher, marcher encore, marcher jusqu'à ce que les palissades du camp crèvent le brouillard du petit matin. Derrière, quelque part... ô maudite ville qui a tout statufié !

La petite sœur a recueilli la loque humaine. Ses yeux... ô ces yeux si près, si inquiets ! Se laisser entraîner vers les baraques de bois, pousser une porte, se laisser, se laisser étendre sur une couchette craquante. Les rais du soleil tremblaient entre les pieds de la table tout à côté : premières lueurs du jour. Les paupières se sont fermées, geste qui reviendra, qui deviendra habitude, mon habitude : une synchronisation de la vie, une volonté de maîtriser le temps, de l'incorporer en moi, pas de l'éjecter.

Les forces revinrent. Le regard s'est fixé sur l'arbre, sur son ombre, son ombre qu'aussitôt a désiré le corps, la peau.

Fraîcheur sous l'ombre de l'arbre. S'asseoir. La petite sœur a souri. Un sourire déchira mon visage. Rester là, indéfiniment à cette même place. Tout contempler, tout sentir, laisser l'esprit palper l'univers. Brider le corps ! S'enchaîner ! Serrer les bracelets de fer aux poignets, douceur du bruit… Ho ! Le lépreux ! Qui se targuerait d'avoir pu trouver paix et conscience par les chaînes, par ces chaînes qui donneront raison de vivre, raison de combattre la terre, de lutter, lutter pour une liberté seulement présente, concevable lorsqu'on veut, lorsqu'on vit ? Je tuerai celui qui me privera de ma lutte, celui qui m'abolira.

Et je me regarderai, je me raconterai jusqu'à ce que je meure.

Sous l'ombre de l'arbre : la fraîcheur de la vie.

LUCARNE

C'EST LA NUIT.

Il y a un cadavre près du bac à ordures, il y a des chiens qui creusent, creusent avec leurs pattes décharnées. Il y a des épluchures de pommes pourries qui s'accrochent à leurs poils, poils qui se hérissent maintenant. La meute s'entre-déchire près du cadavre. Un os passe d'une gueule à une autre. Les crocs se serrent d'une mâchoire à une autre. Le cadavre est bientôt recouvert d'ordures, peint d'un liquide verdâtre, tatoué de traces de pattes. Déchets, excréments, résidus, rognures de carton, de papiers, autant de linceuls qui recouvrent le corps nu, boursouflé, du cadavre. Il y a un relent d'eau polluée qui flotte dans l'air, une odeur acide de lait tourné. Ô l'encens !

Un morceau de ventre nu, des bras qui s'étalent — tentacules gluants jaillissant des terres —, des chiens qui deviennent de plus en plus furieux. Je dois partir. Oui, sortir de mon trou. Les cheveux du cadavre sont de vieilles cordes usagées qui ne servent plus à rien, des herbes arrachées dans la boue que l'on a jetées là (dans la boue, on cherche des écrevisses. La boue est bonne). La chair entrevue n'est que de la viande vulgaire qui bleuit déjà, une viande avariée de boucher qui ne trouvera nul client que les charognes et les autres charognards humains. Il faut partir. Glacé le mur où s'appuie le dos, humide le sol sous les fesses. Le cadavre est superbe ainsi dans son élément naturel, parmi ces déchets et ordures. Tu es terre, tu retourneras à la terre ! Paix à toi, ô cadavre ! Bizarre, tu as le ventre étrangement proéminent, un visage qui n'a plus d'autres traits que des blessures, des écorchures et des balafres. Le sang caille dans ta bouche. Crache ! Crache donc ce morceau de caillou ! Ou alors avale ! Tu n'as pas mangé depuis quand ? Avale, avale j'ai dit !

Les chiens s'en vont soudain en jappant effroyablement. Il y a le roi de la nature qui surgit des ténèbres. L'homme ! Il est grand, immense, debout ! Place ! Dispersez-vous, créatures sans dignité. Vous ! Vous n'êtes que des chiens. Voici l'homme ! Il tient un outil dans sa main. Place ! Il fouille dans les déchets, il écarte un objet suspect, découvre le cadavre. Son dos se ploie un instant.

Un des chiens attend à quelques mètres. Il observe. Une bave lui coule de la gueule. Il grogne dans sa gorge, doucement... Il avance menaçant ce prince de la horde. L'homme montre son outil, une tige fourchue de fer acéré. Le chien recule. Va-t-en animal !

Un bruit de moteur bouscule le silence. Un phare bascule l'opacité de la nuit dans un scintillement de lumières. L'asphalte se trace devant les yeux. Me faire tout petit, me blottir dans mon coin, m'incruster dans le mur, fondre les fesses dans la terre, couper le souffle. Passe la voiture, revient le silence. Le prince de la horde a disparu. L'homme traîne le cadavre au milieu de la rue, l'installe à plat ventre, les bras en croix, les jambes écartées. Il tire une traînée d'herbe qui s'est entortillée autour du cou du cadavre, fait un peu de ménage. Maintenant, il vous invite, tas de ferraille. Venez voiture, venez ! Approchez et crachez le riche qui vous fait bouger, rouler, pétarader, gronder, glisser !...

Le cadavre est un trou à forme humaine sur le noir de l'asphalte. Le piège est tendu. L'homme s'éloigne, se tapit dans l'ombre du bac à ordures, tête dans les genoux, mains autour des jambes. Il attend.

Un froid. Serrer mes hardes autour du corps, me blottir dans mon coin. Il y a une odeur d'excrément pétri dans du linge mouillé. Bon

Dieu ! Je chie dans mon froc ! Non ! Ne pas bouger. Ne pas bouger.

Immobilité, attente. Deux heures ! Il a fallu deux heures pour qu'une voiture passe enfin.

Freine la voiture.

Ne pas écraser le cadavre.

Du bac à ordures s'éjecte la silhouette du chasseur. Elle ouvre la portière. Sans succès. Salaud de bourgeois ! T'es en sécurité dans ta voiture hein ! T'es en sécurité ? Cogner sur le pare-brise. L'outil s'abat, s'abat. La voiture amorce une marche en arrière. Le moteur cale. Trop de précipitation. Tu t'affoles ? Hein, créature de chair ? Tu t'affoles. Voici le pare-brise qui éclate. Voici l'outil qui cherche ton visage, le déchiquète. Hurle donc contre ce déchet à l'assaut de ta voiture ! Lâche ton cri d'agonie ! Il y a une odeur de tabac à l'intérieur, une odeur de siège capitonné, l'odeur de la richesse, de l'aisance. L'outil s'enfonce dans le cou. Une main se crispe sur le volant. L'autre se perd dans des battements à vide. Odeur du sang, de la chair tranchée, comme un souffle d'acier qui traverse la cervelle et qui la coupe en mille morceaux. Tabac et sang, comme une haleine fétide de poumon malade. Boire ton haleine sale bourgeois ! Boire un peu de vie, un peu de monde, d'univers. Bondir de mon coin. Participer à la fiesta ! Sentir l'air vif me charcuter la peau. Chavirer. Tituber. Quelque chose d'humide, de gluant coule entre mes cuisses, me coupe les jambes. L'homme émerge de la voiture. Il est riche maintenant. Il va vers le cadavre, le reprend sur ses épaules, le ramène à sa place. Là, près du bac à ordures. Il se signe, puis s'en va, s'enfonce dans la nuit. M'avancer.

Les chiens reviennent. Ils reviennent prudemment, dédaignent la voiture et son nouveau mort. Un plus courageux renifle le cadavre, lèche le visage caillouteux de sang et de pus sec. Arrière charogne ! Le chien a déjà senti l'odeur de la mort. Arrière j'ai dit ! M'avancer. Détacher un morceau de goudron sur le trottoir abîmé. Le menacer. Adios prince de la horde ! Ce sera ailleurs que tu dévoreras les derniers tas de chair sur la peau de celui que la vie a rongé. Les chiens s'en vont en jappant furieusement.

Les phares de la voiture sont au milieu de la rue deux grands yeux immobiles, fixes. Deux grands yeux qui illuminent leurs alentours. Des yeux divins ne captant pas la lumière comme les nôtres, nous pauvres humains mortels, mais des regards surnaturels envoyant, lançant à travers l'espace toute leur clarté. Des regards, des yeux que l'on est obligé de supporter, de supporter comme on supporte le soleil. On subit la lumière. On ne peut pas ignorer la lumière. La lumière, la lumière, ô la chienne ! L'ombre détend. L'ombre repose les prunelles, le corps, l'âme. Envie d'un peu d'ombre, envie du noir total, absolu. Ne rien voir. Finie, la misère. Tu n'existes plus. Je ne te vois pas. Non ! je t'ignore.

Dans ma main le morceau de goudron. Me diriger vers la voiture. Hé ! engin du diable, tu vas voir ce que tu vas voir ! Oui ! tes phares m'éblouissent. Oui ! des milliers d'étoiles dansent dans mes prunelles. Je suis un point perdu parmi ces étoiles mais j'ai pas peur. Non ! je n'ai pas peur. Vole, morceau de goudron ! Détruis ! Bruit de verre cassé. Éliminé le premier phare, reste l'autre ! Serrer les poings jusqu'à atteindre l'impression de n'avoir plus au bout des bras des mains et des doigts mais un dur bloc de pierre destructeur. Cogner de toutes mes forces, vacarme des verres qui partent en éclats dans les murmures de la nuit. Saigne le dos de la main. Qu'importe. J'aime ce noir qui me revient.

M'éloigner.

Partir. M'éloigner et m'abîmer, me laisser engloutir dans la gueule des ruelles obscures de la ville. Il y a un silence. C'est beau le silence. Beau quand l'estomac ne geint plus ; beau quand le poumon ne fait plus entendre son sifflement tuberculeux ; beau quand la bouche ne lâche plus son souffle las, fatigué, saccadé ; quand les lèvres ne profèrent plus des mots grinçants d'enfer, des mots fermentés dans l'eau de la misère : ma salive puant la faim.

M'éloigner.

Reste près de ton bac à ordures, ô joli cadavre. T'es bien là. Au chaud. Dans la terre.

SORCIÈRE

IL EN BAVAIT le mec ! La fille a entrouvert ses longues jambes, puis les a écartées béantes. Il n'en pouvait plus. Il suait comme un touriste qui venait de débarquer. Il s'empêtrait dans ses liens. Il secouait la tête, avançait la poitrine, tentait de se libérer. Plus il se tortillait, plus les cordes l'enserraient. Derrière lui, il y avait le mur décrépit. Lui, il était assis sur la chaise. Ligoté. Bâillonné. Suant. Excité. Les yeux exorbités vers le sexe de la fille. La fille prenait des poses languissantes sur le vaste lit grinçant. L'ampoule pendait. Une lumière jaune y descendait. Des moustiques venaient y mourir. La nuit était dehors, la nuit où tout n'était que repos, sommeil. Dans la pièce, c'était la tension électrique des désirs. Tout était vivant, tendu à l'extrême. B... pissa dans un coin, près de la fenêtre. Le liquide s'étala sur le carrelage de ciment poussiéreux. S... fumait, regardait la scène d'un œil froid. On était des salauds. On est toujours des salauds mais on avait le fric, on a le fric (le fric nous coule de la poche comme les larmes leur coulent des yeux). S... s'approcha du lit. La fille cessa de s'écarter. Continue, espèce de syphilitique ! Ses yeux étaient inquiets. B... s'approcha à son tour. Le mec s'est arrêté de bouger sur sa chaise. La fille avait peur maintenant. B... lui écarta brusquement les jambes. S... lui appliqua son cigare sur la cuisse, le plus près possible du sexe, des lèvres roses... La fille hurlait, hurlait comme une possédée. Hurle ! Personne ne t'entendra. Le mec a recommencé à bouger tant qu'à la fin, il est tombé, face dans le liquide de B... Il se cambra pour se dégager, rampa avec sa chaise. On riait. Pousse ! Repousse-le pour voir ! Vlan ! le revoilà dans le lac ! Allez, aspire, bois ! Le mec retenait sa respiration. B... lui assena un coup dans le ventre. Le mec a bu. Il crachait, il s'efforçait de ne pas respirer. Un autre coup dans le ventre. Voilà ! Ce n'est pas bon, cette petite asphyxie ? Le mec a bu de nouveau. On se marrait. Il faut boire, boire à la source.

La fille hurlait toujours, gueulait à en mourir. Elle a sauté du lit, a voulu gagner la porte. Fermée ma jolie ! On l'a traînée sur le lit. Le lit grinçait de tous ses ressorts. Les ressorts ont encore grincé de plus belle quand, tour à tour, on a sauté, batifolé sur la fille. Le mec sanglotait. Ses larmes coulaient dans le liquide de B… Le liquide puait par tant de larmes. C'est moche les larmes. Tu te tais ou…? Un pied a jailli, écrasé l'œil du mec. Du sang. Le liquide a pué davantage par tout ce sang. C'est moche le sang. La fille gisait écartelée. Sans pudeur. Sans honte. Elle avait la poitrine qui tressautait. S… essuya son arme, referma sa braguette, puis alla ouvrir la fenêtre. Faut s'aérer dans la vie.

On était des salauds, des salauds mais on est les « fils des puissants ». Le mec, c'était un moins que rien. Un vagabond à qui on a promis de l'argent (l'argent nous coule de la poche). Il nous a suivis dans la pièce, puis on l'a ligoté selon le contrat (verbal bien sûr. Les paperasses, ce n'est pas nécessaire, on peut toujours en produire). La fille était déjà sur le lit. Nue. Touffue. S'écartant et se fermant selon contrat également. On voulait voir jusqu'à quel point le mec pouvait supporter pareil spectacle. On se marrait. On se marre toujours. On est les fils des puissants.

La fille gisait. Le mec n'osait bouger. S… en avait déjà marre. B… était déçu. Que faire ? Le vent entrait par la fenêtre. Il y avait une odeur de magnolia qui rafraichissait la pièce. Il faisait bon dehors. Une musique flottait depuis la voiture garée sous les ombrages. « Ma Range Rover, ô ma joie de vivre. » Le mec suppliait. On l'a détaché puis on l'a jeté par la fenêtre. B… lui a tenu les bras, S… les jambes. À mon commandement, jetez ! Hop ! Le mec voltigeait. Il a atterri plié, tordu, cassé, brisé. S… et B… sortirent pour vérifier à combien de mètres il a atterri. Dix mètres ! Plus que Carl Lewis ! Le mec, c'était le roi du saut en longueur. On se marrait, nous, « les fils puissants et terribles ». Il a cassé combien d'os ? S… et B… rigolèrent. Ils tâtèrent le mec. Oh ! pas plus qu'une vache dans les mains d'un boucher. Le lit a grincé. Me retourner. La fille se penchait sur le bord du lit, fouillait dans ses vêtements éparpillés par terre. Elle en sortit un canif. Elle était superbe ainsi, se mettant debout sur le lit, nue, canif à la main, s'avançant doucement sur le lit rebondissant. Reculer contre le mur. Sentir sous les pieds le liquide de B…(S… et B… criaient dehors). Buter contre la chaise. S… et B… entrèrent soudain, soutenant le mec par les épaules. Ils se figèrent. La fille se tourna vers eux. Balancez le mec, ai-je crié ! Ils le balancèrent contre la fille. Le canif s'enfonça dans la poitrine du mec. La fille gueula à en mourir. Le sang du mec lui coula sur le ventre, elle se dégagea du corps, sauta par-dessus la fenêtre, se perdit dans le noir. Merde ! Elle va ameuter les gens. Nous sommes sortis de la pièce, avons galopé après elle. Elle criait, hurlait, gueulait. Elle avait atteint le bord de la route, était déjà près des premiers taudis précédant la ville. Au secours ! AU SECOURS ! Des lumières se firent. B… gueula à mon côté. SORCIÈRE ! Sorcière ! Sus à la sorcière ! Des gens loqueteux surgirent de leurs abris, lui barraient la route. On s'est arrêtés, puis on s'est couchés dans l'herbe. Une foule menaçante se dressait devant la fille. La fille s'était tue maintenant. Elle tenait ses mains serrées contre ses seins. La foule loqueteuse, miséreuse, haineuse avançait. Elle ne voulait pas d'une sorcière pardessus sa misère. La fille recommença à hurler. Non ! NON ! Des mains lui agrippèrent les cheveux, des ongles lui griffèrent la peau, des doigts lui déchirèrent les joues, des coups la firent plier à genoux, des pieds lui écrasèrent le sexe, un talon lui brisa la nuque.

On la traîna, on la jeta dans le canal nauséabond. Le corps flotta au milieu des nénuphars, au milieu des voiles de cellophane pourris, des excréments qui émergeaient. Le corps flotta auprès des morceaux de bois et des détritus décomposés. Nous, on s'en est allés rejoindre la Range. Tâtons l'asphalte zenfants de la patrie. Le mec baignait dans son sang. On l'a laissé là. Il est bien, là ! On s'en est bien sortis quand même. On méritait la grandeur de nos pères, leur ruse, leur habilité. Ô doyé ! Vive Messieurs nos papas, vive leur argent, nos villas, nos piscines, nos buildings, etc.

L'argent nous coule de la poche. On en jetait par la fenêtre de la Range. L'asphalte filait dans le noir comme un fil que les pneus déroulaient à l'infini. On entrait dans la ville, klaxon gueulant comme un taureau.

REPTILE

JOUR de pluie.
Jour de feu.
Mais creuse encore fils de chien !

Creuse !

Pourquoi dans le cœur une pluie ne peut se déverser sans déborder aux yeux ? Pourquoi dans l'âme une fumée, un brouillard ne peuvent se disperser sans emporter la raison ?

Jour de pluie. Jour de feu. Boue. Fumée. Creuse jusqu'au fond de ton âme pour déterrer la folie. Creuse !

La barre de fer s'enfonce dans le sol, remonte la boue. Ceci est un trou, un trou que remplit aussitôt la pluie. Ce n'est pas encore la folie. Juste un délire. Un simulacre de déraison.

Creuse !

Enlever une pierre, un fœtus de la terre, une

bile noire d'un ventre cloaque. La jeter rageusement aux pieds du soldat. Il ne bronche pas. Creuse. Creuse encore. L'homme dévie simplement le bout de son fusil, un long trou sans pareil qui ne peut se remplir qu'en crachant la mort. Mais cette barre de fer n'est pas faite pour creuser la terre. Mais cette barre de fer n'était pas destinée à creuser les tombes de mes parents, de mes amis, de mes compagnons.

Creuse !

Il y a bien au fond cette démence qui te délivrera.

Jour de pluie quand le ciel se met à s'affaisser sur lui-même et quand les prières ne servent plus qu'à exciter davantage les tonnerres, les éclairs et les foudres.

Jour de feu lorsque parmi les verdures et les flammes surgit la fumée noire.

Creuse.

Plonge ta barre de fer dans le renflement de la boue.

Un filet rouge.

Ce n'est point du sang. Enfonce ta barre de fer, enfant de malheur !

Creuse ! Creuse !

Ne point détourner la tête pour ne pas voir les cadavres amoncelés. Ils ne puent pas encore. Ils ne pueront que lorsque je les aurai ensevelis, drapés du linceul de ma peau, au fin fond de ma conscience. Ils ne pueront que lorsque j'aurai baissé les paupières et effacé les images de souvenirs pour emmurer et teindre de blanc leurs ultimes demeures.

Un filet rouge.

La pluie qui ne cesse.

Jour de vacarme.

Jour de crépitement.

Me laisser attirer dans la fosse. La boue retient, s'ouvre et se referme sur la barre de fer. Sexe tu dis. Verge. Creuse !

Vacarme sous un ciel ivre de sang et d'odeur de crémation. Vacarme sur une terre qui se vautre, boueuse. Chair molle. Ne plus rien voir que ce gouffre qui se forme sur les blancs de mes yeux, perfore ma cervelle. Creuse. CREUSE ! La folie est proche. Sang. Sexe. Mort. Fusils qui tonnent. Corps qui tombent. Cases qui brûlent. Fumées qui montent vers les nuages. Pluie. Viols. Rires gras. Des jambes ouvertes sur un sexe de femme qu'une main vicieuse emplit de boue, de glaise.

Creuse !

Ils ne veulent que la terre de tes ancêtres, ils ne veulent que cet endroit rocailleux où demeurent les boas.

Creuse...

Le sang de ta mère est liqueur vénéneuse qui assouvira ta soif morbide. Pluie. Pluie. Toute cette eau ne remplira pas le trou qui a éclaté ta poitrine.

Les boas, paraît-il, sortent la nuit et s'éclairent par la luminosité des pierres qu'ils vomissent sur leurs lieux de chasse et d'accouplement. Là-bas, aux alentours du village, au seuil de la forêt, parmi les caillasses et les rochers, là où abondent les lézards…

Je tombe. Je casse mon dos. Je bois l'eau de la fosse, le pus sécrété par ma souffrance. Un autre corps s'étale dans le trou, sur mon dos, c'est le soldat qui y a jeté un des cadavres. Il ricane. Ne point pleurer. Ne point craquer. Un autre cadavre. Sang. Toute cette pluie. Toute cette pluie qui coule des morts et qui teint mon âme. Rouge. Rouge aussi. Aussi rouge que ce filet continu. Aussi rouge que le sol de cette terre.

Me relever vite.

L'homme a fini de ricaner. Il montre encore son fusil.

La barre de fer s'enfonce dans les corps, casse les têtes, décapite dans la douleur, en haché, en bouillie. Le soldat vomit, l'homme, le guerrier…

C'est la folie, bâtard d'esclave nègre. Fils de bouc et de chienne ! Creuse ! Voici la démence. Creuse ! Encore et toujours. Toujours plus profond. Toujours aussi loin qu'une eau, qu'un souffle d'air peut aller dans le corps.

Le soldat ameute ses compagnons.

Creuse…

Creuse…

Les boas gardent dans leurs ventres toute la richesse de cette terre. Je rampe hors du trou. Je rampe sur la barre de fer. Les militaires n'osent me toucher, n'osent regarder le hachis au fond de la fosse. Ramper. Demain peut-être, demain ils commenceront à extraire du sol toutes les pierres précieuses de ce monde. Et à chaque pelletée qu'ils remonteront, à chaque bout de terre qu'ils enlèveront, ils se souviendront de cette scène, ils se souviendront de cette fosse. Ils y jettent tous les cadavres. Se précipitent. Ont du mal à remettre dessus la terre sans pareille, mère jusqu'au bout de ses entrailles de fange. C'est la faute à la pluie, c'est la faute au ciel. Je rampe. Je veux me tenir loin de cette tombe.

Pluie. Pluie.

Fumée.

Qu'elles éteignent et étouffent la brûlure de mes yeux.

Pluie. Fumée.

Les militaires ont fini de combler la fosse. Ils rejoignent en courant l'intérieur de la seule case qui ne fume pas. La pluie ne s'arrêtera que lorsque plus aucune fumée ne rejoindra les nues. Quitte donc ce village. Quitte donc cette terre. C'est lorsque le cœur est froid et asséché que les yeux brûlent et versent des larmes.

Folie. Démence. Tout le blanc du ciel aveugle, tout l'écran de la pluie, la vapeur qu'elle exhale au contact de la terre chaude...

Démence le flou qui réinscrit les pensées. Démence le brouillard obscur qui redessine le paysage.

Il faut partir, ont-ils dit, cette terre regorge de richesse que la Nation doit exploiter. Demain nous viendrons prendre possession de ce village. Des lourdes voitures viendront vous transférer dans la ville. Des lourdes voitures vous emmèneront dans les régions développées. Il faut partir. Le patriarche n'a pas voulu. Le patriarche n'a pas cédé.

Mitraille, bon Dieu !

Mitraille dans la nuit.

Tue ! Tue ! Que toutes les femmes hurlent pour extraire la vie hors de leurs corps. Que toutes les femmes s'éclatent le ventre de gémissements et allaitent leurs enfants de pleurs. Tue !

Nuit sauvage. Nuit carnage. Nuit sans précédent. Le feu ! Le feu qui monte d'une case, qui se transmet d'un toit à un autre. Les toits sont de chaumes, les toits sont d'herbes raides.

Mitraille encore, enfant de passage. Tu étais obscurité dans le ventre de ta mère, tu reviendras ténèbres au fond de ta tombe. Rien n'a existé entre-temps. Tout n'était qu'illusion, que mirage, que désillusion, que rage. La vie n'est que rêve de lumière, de soleil, d'illumination…

Folie démence pluie feu et cadavres. Creuse. Creuse…

Le feu qui rampe vers le bois.

Brûle ! Brûle !

Tout le bois, tous les arbres, tout le village, le nid des reptiles. Tout.

Pluie et feu. Brasier et humidité. Écran d'ocre fumée et de vapeur bouillante : noirceur. Odeur d'encens et d'essence végétale, le bois meurt dans une débauche de senteurs. Cris des oiseaux, frayeurs des êtres vivants. Flammes bleutées et presque transparentes. Lames coléreuses qui incisent voluptueusement dans tous les corps, recroquevillent les feuilles, les lianes. Pluie impuissante. Pluie sans effet.

Feu et démence. Feu et folie.

Je sors de la fosse. Je rampe. Je veux me tenir loin de cette tombe. Demain sûrement, demain ils commenceront à tuer tous les boas qui gardent l'endroit sacré où brillent de mille feux les pierres précieuses de tous les âges. Déjà ont-ils entouré le village de barbelés. Déjà ils ont posté des gardes sur toute la limite de l'agglomération. Ils ont coupé la route, dévié les voyageurs. Ceci est une zone interdite, une zone économique et internationale. Elle flambe.

Je rampe et je traîne ma folie dans mon sillage. Et la pluie coule sur mes traces et la pluie recrée encore un filet rouge…

Fièvre. Crever ! Ne plus rien vouloir que crever ! Fièvre feu délire. Ne plus rien vouloir que crever. Les boas la lumière la nuit l'accouplement…

Toutes ces pierres merveilleuses qu'il faut racler dans la gorge des morts, dans la tumeur des consciences.

Hurle !

Il te faut hurler. Te mettre debout. Hurler et vomir la voix et vomir la parole et vomir de sang.

– Va-t-en, crient-ils de la case, va-t-en !

Pluie. Jour de colère.

La pluie dilue les mots qui dégoulinent des lèvres, les mots ne sont plus que salive, les mots ne sont plus que crachats qui se confondent dans la boue. La pluie trempe tout l'être et noie la révolte. Il faut alors, plus fort qu'elle, crier, hurler, être trombe jaillissant de son déluge, être vent lacérant son écran compact.

Hurle, enfant de malheur !

Un coup de feu.

Un des soldats a tiré.

Tire ! Tire ! Mitraille ! Les corps qui sont tombés, les gosses qui ont hurlé, les mots qui se sont noués et qui ont étranglé, les mots qui se sont tus, mots-tuerie, mots-massacre que l'on inscrit sur les pierres incolores, les pierres les plus dures, les plus lumineuses, les plus mystérieuses, mots redits en mendiant le silence, mots redits en mendiant la lâcheté.

Hurle donc !

Déchire la membrane du ciel pour mettre à nu le cœur de Dieu.

Folie démence jour de pluie jour de sang, les boas les pierres le feu.

Ils tirent. Je rampe vers le bois. Ils mitraillent. Vert tendre des jeunes pousses, vert tendre et cristallin des pierres que les reptiles vomissent près des rochers et dans les éclaircies...

Rouge maintenant. Virant au noir, à l'asphyxie. Étouffe. La furie crépite mes regards.

Tout brûle !

Je m'enfonce dans le bois pour y retrouver mon âme. Je m'enfonce au cœur des arbres pour y déraciner ma raison. L'exhalation de mon souffle de vie pour une étincelle de mon cœur révulsé : explosion, tout au fond de mon ventre, au creux de mon estomac, contre les parois fragiles de mes poumons.

Je rampe. Qu'importe la pluie ! Qu'importe le feu ! Un éclair tombant sur terre se perd et laisse le ciel émasculé. Mon souffle est fumée prématurée, mon cœur est la pierre bâtarde de toutes les flammes.

Feu et démence. Pluie et folie.

Mais voici que, poussé par la terreur, un boa immense descend d'un arbre, me trouve sur son chemin. Brûle maintenant me dis-je en moi-même. Brûle ta conscience. Le reptile glisse sous la pluie, se faufile entre les flammes, peau scintillant d'eau et de lumière, racine animale qui s'extrait de l'arbre de la mort. Le reptile s'enroule autour de mon corps qui s'abandonne, le reptile m'étouffe, met le feu en mes poumons qui manquent d'air. Mais tous ces corps qui sont tombés sur la cupidité des autres, toute cette population qui a été massacrée pour une lumière cristalline qui n'illuminera que des âmes perverties, toutes ces souffrances, tous ces malheurs…

Le feu le reptile la démence la folie, je rampe au cœur de la bête et quitte mon corps, quitte le bois. La pluie n'éteint pas le feu, les nuages ne couvrent pas les fumées. Reptile géant glissant sur la terre boueuse, reptile sinuant entre les rochers noirs, qui traverse la fosse comblée de morts et de douleurs, pénètre dans la case…

Les soldats hurlent à en mourir. Mitraillement du feu et de la pluie. Jour sacrilège.

La pluie tombe doucement sur une terre noire de colère.

NUIT

ET LA NUIT s'installe, trou noir dans le jour. Et le jour s'engouffre dans le trou de la nuit, spirale, s'y meurt. Voici les ténèbres…

Brusque poussée du vent.

Claque mon cœur sur les nuits de solitude,

Nuit ô ombre du jour,

Nuit de solitude, silence…

Froid qui est tombé dès l'horizon obscurci. Froid spiralant autour du corps, se fermant en étau, se rétrécissant en tenaille, vous étranglant. Place déserte. Ce soir, il n'y aurait personne. Non, personne.

Voici la nuit, voici mon univers. C'est un univers de silence. De silence, oui ! On écoute le silence comme on écoute une femme murmurer « je t'aime ». Voluptueux ce silence, sensuel, doux, comme une prière que ressentent toutes les fibres du corps. Je suis seul au milieu de cette place déserte. Derrière, il y a le mur immense. Il écrase.

Nuit, furtifs mouvements.

Caresses fugitives d'ombres passantes. Un oiseau s'est envolé.

Feuilles virevoltant au vent, torpillant le mur : désordre. Feuilles qui s'envolent par-delà la grille : ivresse !

Grille.

Grille immense dans le mur froid. Grille immense dans mon cœur froid. Grille entre deux mondes, entre deux rives, à la fois arrivée et départ, fin et début. Grille qui sépare, grille qui relie, mais grille qui ne peut aller nulle part. Grille damnée à être limite. Grille qui attend que de l'extérieur ou de l'intérieur, on la pousse, on l'abatte. Qu'importe… elle aurait bougé.

Grille des prises de conscience : qu'est-ce que je fais ici ?

Nuit. Il fait trop nuit aujourd'hui. Je me sens seul.

Mais toi, quand viendras-tu ? Dans deux jours ? Dans deux ans ? Demain ? Ce soir ? Je délire. Je délire mon Dieu ! Il me faut prendre un peu d'air. Respirer un vent qui est passé dans tous les poumons.

Voluptueux ce silence, sensuel, doux, comme une caresse frôlant le sexe. Asphalte noir, plus noir que la nuit. Asphalte luisant. Un caniveau débite un filet d'eau. Coule lentement en murmurant des tristesses. J'y trempe mes pieds, je demande un peu de fraîcheur, un peu de sourire.

Voici le mur. Voici la grille. Voici les barreaux. Je sors du ruisseau, je voudrais m'y baigner…

Nuit de solitude, silence.

Je t'aime, murmure le silence. Je t'aime, murmure la solitude. À jamais, à jamais, pour toute la vie, le silence, la solitude. Je t'aime.

Voluptueux ce silence. Doux.

Je meurs.

Des chiens se lèchent près du mur. Ho ! Ils détalent mais j'ai la voix qui s'enroue. Pousse la grille ! Pénètre dans ton territoire !

C'est un terrain vague où il y a des sables comme sur les plages, c'est un terrain vague où il y a des chiées sur toutes les touffes d'herbes, sur tous les blocs de pierre.

Froid spiralant autour du cou, se fermant en étau : la corde ! Je voudrais, je voudrais prendre un peu d'air, respirer un vent qui a purifié tous les poumons. Mais ici, tout pue ! Je suffoque dans la fine pluie qui vient cribler les chiées, disperser l'odeur.

Comme un goût d'arsenic dans la salive, le goût de je ne sais plus quoi, comme une pointe de révolte dans les genoux, léger tremblement qui menace je ne sais plus qui.

Pluie.

Lave ta gueule avec l'eau du ciel ! Ouvre ton bec. Bois la pisse d'un dieu, bois les larmes d'une sainte. Pluie.

Je meurs.

Prendre un peu d'air. Respirer une brise qui a grisé tous les poumons…

Ça se passera dans le désert. À côté, il y aura la mer. Deux immensités se toisant, se défiant. Les vents de la mer monteront dans le désert et affoleront dunes et rochers. Les vents du désert déferleront sur la mer en renversant les vagues, en creusant les écumes jusqu'à atteindre le cœur des océans. Alors elle apparaîtra. Nue. Superbe. Elle traversera la nuit pour venir là, à côté de moi…

Je délire. Je délire. Il fait trop nuit aujourd'hui. Je me sens larme qui n'a plus d'yeux, larme qui n'a plus de joues.

Elle sera debout devant la grille, grille plantée profond dans le sol du désert. Autour, il n'y aura rien que les pistes et les sentiers qui tous convergeront vers elle pour se disperser de nouveau dans toutes les directions.

Nue, elle est superbe. L'ombre de la grille zèbre son corps, imprime sur sa peau les balafres des barreaux. Elle se met à genoux, puis s'assoit sur ses jambes. Elle attend. Elle attend. L'ombre de la grille descend le long de son corps, se retire et se rétrécit comme une verge repue. Le soleil glisse lentement sur sa poitrine, entre ses seins, tombe sur ses cuisses, les inonde. Une faible auréole d'ombre déborde sous son poids, autour d'elle, éclabousse le sable fin et doré. La grille n'a plus d'ombre, c'est l'instant rare où l'astre pénètre profondément la terre : le zénith !

Elle se renverse en arrière, tombe sur le sable, cuisses ouvertes, seins offerts…

Brusque poussée du vent.

Un oiseau vient, tombant comme une feuille morte. Rapace des nuits, maître de l'obscurité. La pluie a cessé. Ce n'était rien qu'un pleur vite réprimé, ce n'était rien qu'une bonne plaisanterie…

Dunes.

Monticules de sable qu'a formés le vent avide de caresses et de formes sensuelles. Dunes, seins des déserts nés des désirs de la brise et du vent. Mamelles fécondes d'ombres et de mirages. Dunes, c'est dans les yeux que vous ressemblez le plus aux seins de la pubère. Dans les yeux… dans mes yeux ivres de trop vouloir, soûls de trop louvoyer entre hallucination et réalité.

Je délire.

Elle sera dans le sable corps se contorsionnant comme une bête d'amour. Son ombre roulera sur le sol comme file un frisson de plaisirs. Je délire dans ce froid qui vous prend à la gorge, vous étrangle, vous tue, vous achève.

Par-delà les grilles, elle passera la main. Par-delà les grilles, sa main franchira les barrières invisibles de mes délires. Je la toucherai. Mes doigts s'entrelaceront avec les siens. Viens, dira-t-elle. Viens ! Voluptueux ce silence. Doux.

Fine pluie creusant le sable, créant des cratères dans les chiées. Ouvre ta cervelle, ceci est le réel. Ouvre ! Viens, dit-elle et je me faufile entre les barreaux, m'abîme dans mes délires.

Dunes.

Ondes de caresses transcrites sur l'espace. Tracées de vagues invisibles frôlant la terre.

Elle me tient par la main, Elle m'entraîne dans le désert. Sur le sable sont les traces de ses pas, sur le sable sont des traînées d'herbes, des traces de boue, de merde... Ce n'est rien, rien que le reste de ma vie.

Elle m'entraîne, elle m'emmène.

Je délire. Je me livre à elle corps et âme. Je me délivre de ma personne, me libère. Et la grille diminue dans l'horizon, disparaît.

Il était une fois un terrain vague où il y avait des sables comme sur les plages...

VAGUE

LA MER, Amour. J'entends déjà le bruit de la mer, le bruit de la mer malgré le vacarme de la pluie. Et nous nous en allons et l'on s'en va. La nuit nous entraîne, la nuit nous avale. La mer, Amour, entends ! Une piste serpente. Voici le village, le village qui dort encore... Ombres des toits pointus, masses sombres des maisons sur pilotis, immenses, impressionnants ! Derrière le village, il y a la dune, derrière la dune la mer. L'air a comme une odeur de luxure, comme une odeur de sueur. Le sol fait un bruit de succion, un bruit de succion sous nos pas, un bruit de baiser. Boue et mare, la terre qui nous boit. Lever le pied, marcher, se dérober à la pesanteur puis retomber, progresser. Le sable crisse maintenant sous nos pas. Mieux glisser.

Traverser le village. Un chien gémit doucement sous un tas de feuilles géantes, chien mouillé grelottant de peur, de froid, queue entre les pattes. Il a creusé une niche dans le sable, sous les feuilles. Il nous regarde passer.

Passer.

Fuir.

Franchir la dune.

Une brise fouette au visage des grains de sable. Fermer les yeux. Tâtonner. Tendre la main, ma main… Sentir au bout de mes doigts la consistance de ta chair. Amour ô Amour. Avancer tête basse, l'image de ton corps nu en moi collée comme une sangsue.

Ton corps nu dans cette case obscure, dans cette nuit obscure. Pluie en flots torrentiels qui se déversait sur terre, écran d'eau qui nous séparait du monde, mur implacable qui nous occultait toute image venant du dehors, nous cloîtrant dans cette pièce mal éclairée…

Fuir, presque courir sous les dernières gouttes de pluie. La brise projette et colle au visage la morsure des sels marins. La main, ma main tâtonne, te touche la taille. Du sable dans les cheveux, du sable dans les sourcils. Trop de sable. Du sable entre les mailles du vêtement, dans le creux du nombril. Trop de sable. Du sable s'infiltrant sous la ceinture, démangeant le sexe. Fuir, nous éloigner de la case, de cette pièce mal éclairée…

Quelques gouttes suintaient du toit, tombaient

une à une, formant déjà une flaque au milieu de la natte étendue. Tremblait la lumière de la lampe à pétrole. Une fumée épaisse ondulait vers le toit. Me glisser dans ta couche…

Fuir. Allonger le pas. Devant, immense, la mer furieuse. Mouvements incessants, mouvements répétés, figure d'éternité enclavée dans les barrières des continents. La mer est l'éternité à la recherche de l'espace infini.

Nous arrêter Amour. La mer ! Voici la mer. Je glisse mes mains sous tes aisselles. Tu frémis, tu te colles à moi et poitrine contre poitrine, nous nous agenouillons, nous tombons, roulons sur le sable. Tes cheveux nous recouvrent. Tes cils battent contre mes joues. L'odeur de tes seins a la saveur des mers. Je t'aime comme je t'ai aimée dans cette case d'amour. Te caresser le visage, le corps, ton corps baigné d'huile. Ton sexe s'ouvre, enveloppe ma verge, me repousse, m'aspire. Tes jambes m'emprisonnent, se tendent contre mes jambes. Tes bras me serrent, me griffent, me vrillent, me morcellent. Ton corps qui m'abîme se déchire en moi, toi la fille des eaux, la fille des interdits, fille devenue mienne, femme sacrée que j'ai osé toucher. Moi, le sacrilège parmi les hommes.

Fuir. Sortir de la case. Une matronne a hurlé après nous. Et l'on s'en allait et la fuite nous absorbait, la nuit nous engloutissait. Rejoindre la mer. La mer !

La mer est devant nous maintenant. Nous y

sommes amants maudits, étendus haletants sur le sable. L'aube point. Des murmures s'élèvent derrière la dune, au-dessus du village. L'on nous cherche. On nous cherche et on nous traque. L'aube point, l'aube sur l'océan qui s'étale. Le ciel redevient ciel. La mer redevient mer. La nuit se clive en ciel et mer. Soleil et vague. Lumière et scintillement. Tu te lèves, tu es une fille des eaux, la sirène des rivages. Tes cheveux descendent jusqu'à tes genoux. Tu te précipites à la rencontre des vagues. La mer est ton royaume, la case des hommes n'est que ta cage. T'enfoncer dans l'eau, l'eau comme une nouvelle peau. Les ondes te frappent, te caressent. Tu t'unis à l'océan. Tu es l'océan entier. Ton cœur bat au rythme des ondulations, violences océanes, pulsation pénétrant ton corps, te prenant ton souffle, te faisant vague à ton tour, pulsation. Tu t'enfonces dans l'eau. Tu disparais Amour. La mer est ton royaume. Fille des eaux, sirène des rivages.

Les murmures approchent. L'aube au-dessus de ma solitude.

J'ai peut-être rêvé ?

Un homme surgit soudain derrière la dune, pagaie à la main, torse noir luisant au soleil. Peur ! Peur qui me foudroie, vrillement qui me part de la nuque, me perce de part en part. Le cœur se disloque, le ventre se déchire, la vue se brouille. L'homme se courbe par terre, ramasse quelque chose. Son bras se plie, se détend. Un choc sur ma poitrine. Une morsure dans la chair. Tomber. L'homme gesticule, crie. D'autres personnes apparaissent, s'approchent en courant. Des jambes, des jambes velues, des pantalons déchirés de pêcheurs robustes, des pieds qui s'écrasent sur mon visage, des pieds crevassés, des pieds durs de roc qui martèlent les épaules, le dos, les côtes. Un coup brusque dans le cou. Suffoquer. Il y a une vague plus scintillante que les autres. Un pied m'écrase la tempe. Du sable dans la bouche, sous la langue, collé au palais, au fond de la gorge, dans les yeux, brûlure et écœurement. Un pied s'acharne sur mon ventre, comme un cœur qui bat furieusement et qui palpite à la limite du mal ! Mal ! Vomir ! Ma vomissure jaillit torrentielle, inexorable, gluante, comme un cœur dégueulé…

Ils sont partis. Ils sont partis…

Tu gis dans ton sang, dans ta vomissure. Ta vomissure est rouge de ton sang, ton sang se coagule dans ta vomissure. Un oiseau plane, spirale doucement, atterrit. L'oiseau picore près de ton corps immobile. Picore gentil oiseau ! Vis de mon sang, vis de mes entrailles !

Ils sont partis. Ils sont partis.

Sable. Vomi. Sang. Rouge est l'astre au-dessus de la dune. Ô Amour, sais-tu ce qu'il fait ton Amour ? Il se traîne sur le sable, il arque ses muscles et il rampe. Son ventre se tord. Il s'abat.

Les vagues montent vers lui, le lèchent, écument sur son dos puis l'abandonnent. La terre se creuse, s'amollit. Le soleil lui tape dans la nuque, le terrasse. Il est plaqué, englué dans le sable, corps qui ne peut bouger, corps devenu terre, rocher. Il a mal, mal. Il se traîne sur le sable, il arque ses muscles, il rampe vers cette pirogue-là, là tout en haut de la plage. Vois Amour, elle est belle la pirogue. Elle te ressemble : un creux où sombrer, m'abîmer, me blottir. En toi Amour, tout m'enfouir, me lover.

Un moustique des falaises, tenace, bourdonnant est sur l'encoche de la bouche. Là où le sang file, là où une déchirure insiste comme des milliers de lames qui incisent voluptueusement les lèvres. Dégager la main de sous le corps. Tordre le cou, les muscles des fesses. La main, ma main rampe vers la bouche, ma bouche, écrase le moustique. Contact rugueux, caillots de sang et grains de sable. La main tâte le visage, mon visage. La main touche des dents à travers la joue qui pend comme une membrane éclatée. Ô Amour, que m'ont-ils fait ?

Atteindre la pirogue. Elle est belle Amour, belle, couchée ainsi sur le lit de la plage. Je délire Amour, mon âme me fuit. Je délire. Un point rouge est devant les yeux, un point vibrant et ondoyant venu de la mer. Il monte la plage, grandit, danse devant les yeux. Là ! Une vague plus haute que les autres. La mer est rouge. Le front s'alourdit. Non, ne pas perdre conscience. Non, ne pas perdre vision. La pirogue. Un oiseau qui pique vers la mer, qui remonte la falaise. Ô mon corps blessé que meurtrit encore l'eau salée de la mer, le sable s'infiltre dans les plaies béantes, dans les pores dilatés. Ma mémoire s'en va. La plage bascule, la mer se déverse sur mon corps, m'enfonce dans la terre, me recouvre.

Noirceur. Obscurité. La nuit est noire.

Ballottements. Bruit de la mer. Brûlure par tout le corps. Froid. Sentir l'eau vive pénétrer les cheveux, oppresser la poitrine. Une brise insiste pour me voir bouger, bouger, esquisser le geste de la vie. Que fais-je flottant au milieu de ces rochers ? Joues contre coraux, cheveux contre mousses et algues, ventre contre le creux d'une boue. Qu'ai-je fait pour être ainsi proie à la marée, objet que rejettent, reprennent et rejettent les vagues ? Les sentir entre les jambes, sous les aisselles lécher à petits coups la peau douce.

Amour, ce froid, c'est l'eau contre ma peau, c'est la boue glacée qui colle à mon ventre, c'est la brise qui me tenaille. Me lever.

Je ne peux pas. Je n'ai pas la force. Sous mon ventre, la boue gargouille comme des intestins malades. Sur mes lèvres, le goût salé de la mer. Amour, viens à mon secours. Les coraux me raclent les joues, les algues pourrissent mes cheveux. Je ne suis plus que sang, pus, un hachis de chair humaine que ballottent les vagues, qu'écrabouillent les rochers.

La nuit est noire, si noire. Personne ne viendra. Personne. La nuit est noire et je ne suis plus que nuit. La mer bat à mes tympans. Ma tête est une perpétuelle explosion. Elle cogne, cogne contre les rochers, au gré des vagues, massue inconsciente, sans volonté.

Sortir de cette boue.

T'appuyer sur tes bras et lentement remonter tes genoux. Un muscle vrille dans la jambe. Crampe, paralysie. L'écume des vagues recule vers la mer. La boue se dévoile. Il y a des petits cailloux bien lisses, bien ronds, des mousses répugnantes et des algues tentaculaires. Des petites bêtes gluantes, visqueuses se plaquent à la peau. Tu avances à quatre pattes. Tu t'arraches de la boue. Les vagues reviennent, s'ouvrent contre les piliers de tes bras. Tes doigts disparaissent sous l'eau. Bouge-les ! Oui, c'est ça ! Crispe-les dans la boue. La boue est moins profonde. Tu sens déjà le sable. Tu sens la fermeté du sable, les brisures de coquillages. Tu es délivré.

Mais voici une silhouette qui se découvre sur la plage. Elle est assise en tailleur. C'est elle, mon Amour, qui m'est revenue. Elle est nue, cheveux voilant ses seins, recouvrant ses jambes. Fille des eaux, sirène des rivages, tu es Amour. Tu es là Amour, tu es bien là ! Pouvoir vivre ! Me lever, courir vers toi. Je suis si faible, si faible. Faible...

Des palmiers et des étoiles. Tomber. Je tombe, face contre sable. Là-bas, la silhouette se met debout, s'en va, contourne la dune. T'en vas pas Amour ! Reste ! T'en vas pas ! Ne retourne pas là-bas ! Pas parmi les hommes ! Non…

Immense mon corps. Rocher immense se soudant à la terre. Paralysie. Je me perds, la terre me suce ma substance. Mon cœur qui m'écrase la poitrine, mes tripes qui me cisaillent le ventre… Non, pas parmi les hommes mon Amour, pas parmi eux, toi la fille des eaux. Paralysie. La terre me suce. M'arracher à la succion de la terre, terre ô sangsue ! M'arracher à l'immobilité de la matière. M'asseoir sur mes cuisses. Je ne suis pas ce bloc qui s'enfonce. Amour, m'arracher ! Sentir ma verge se durcir. Il y a mes doigts qui s'en vont écarter les derniers lambeaux la couvrant. Caresses, caresses… Bloc dur de roc mon corps se soudant à la terre. Non, ne pas m'enfoncer, ne pas me perdre. La main descend le long des cuisses, palpe. La main remonte. Caresses, caresses… Chaleur de la verge, peau douce. La tête roule sur les épaules. Vertige… Caresses. Un picotement sous les fesses calées entre les talons. Bouger. Me cambrer. Caresses, caresses… Ma main, ma verge, mon souffle haletant ! Le ventre s'avance, la poitrine se donne, se tend vers le ciel. Caresse… Voici mon cœur qui s'arrache, s'arrache enfin.

Je suis léger, si léger.

Des palmiers et des étoiles. La nuit est noire. Ramper sur la plage, puis doucement me redresser. Tituber. Marcher. Devant, par-delà la dune, il y a les hommes. Je suis nu, nu comme au jour de mes premiers temps. Marcher vers toi Amour. Tu vois, je suis à toi. Je te suis. J'entends déjà le bruit de tes mots malgré le vacarme de la mer. Qu'elle gronde la mer, qu'elle mugisse, qu'elle hurle. Je te rejoindrais Amour. Marcher. Tituber. Nous sommes le corps retrouvé des temps premiers. Moi en toi, toi en moi, indissoluble. Les vagues effacent les traces de mes pas. Mes pas surprennent des crabes endormis sur la plage. La plage se délivre de ma personne. Je m'en vais, je m'éloigne. Je m'en vais Amour te rejoindre. Derrière cette dune, tout près des hommes. Te rejoindre, t'arracher aux hommes. Crève la pirogue tout en haut de la plage. Abcès éclaté de la terre, creux et abîme, cratère d'oubli, de néant.

Franchir la dune. Brusque accalmie du vent. Le village dort encore. Un feu de charbon rougeoie au pied d'un palmier. M'approcher. Un lézard s'enfuit soudain, file dans le noir. Mon ombre obscurcit le feu. Une fumée ondule et cahote entre les feuilles du palmier. Plier à terre les genoux et m'accroupir sur mon corps. Amour, je t'attends, ma peau croupissant dans le froid du vent, ma peau t'aimant déjà dans la douce chaleur de ce feu. Lové sur mon sexe, laisser mon corps se balancer d'un lent mouvement sans brusquerie. Amour, Amour, le temps meurt.

Un bruit. Une présence.

Sentir le long des vertèbres l'imminence du danger. Sensation qui m'excite toutes les fibres du corps, muscles du ventre se contractant autour du nombril, le cou qui se gonfle... La salive jaillit dans la bouche, venin, crachat.

Un cri.

M'accroupir sur mon corps. Me lover sur mon sexe. Lent mouvement du corps. Je ne suis plus que balancement, ondulation, mer, océan, rythme des vagues qui se déchaîneront un jour.

Des cris, des piétinements. On apporte des flambeaux. Des gosses hurlent. Je fais peur. Je reviens pour violer encore la fille des eaux. La femme sacrée, la créature de l'océan, celle qui d'onde et d'eau s'est matérialisée en forme gracieuse de femme.

Des voix.

Ô Amour, je n'oublie pas, je me souviens. Une matrone a hurlé après nous. La case brûlera tantôt. La pluie ne l'éteindra pas. Elle était partie la fille des eaux... Je t'ai emmenée, tu m'as entraîné. Rejoindre la mer. La mer !

Des voix d'hommes, un murmure de foule coléreuse. Lent mouvement du corps. Me lover sur mon sexe. Viens Amour, viens maintenant !

Un coup féroce dans la nuque. Rouler sur mon corps, rouler sur le sable. Un trait brûlant dans la hanche. Quelque chose de froid, quelque chose qui déchire. L'enlever. La main tâtonne. La main, ma main...

On me tue.

On me tue comme un envoûté des tombes. On me tue à coups de pagaies, à coups de couteaux. Rouler sur la sable. Le sable boit mon sang, la terre me suce. Les hommes me tuent.

Amour ! Viens maintenant ! La terre s'ouvre. Me lover sur mon sexe. Mouvement du corps. Je creuse la terre. On me tue. On me piétine. Des cris. Des râles. Envie de tout casser. Envie de me briser le corps. M'éclater et fendre la terre. Tuez-moi. La main, ma main tâtonne… la hanche… un couteau, un couteau enfoncé dans ma chair. Empoigner le manche. L'enlever et l'enfoncer de nouveau dans la plaie. Enlève ! Enfonce ! Enlève ! Enfonce ! Amour, ma verge dans la plaie de ton sexe. Immolation.

Je creuse la terre.

Viens Amour, viens en moi.

La terre s'ouvre. Mouvement du corps diminuant. Je m'enfonce dans la terre. Chaleur. Présence. Lové sur mon sexe, ne plus sentir les coups. Les hommes me regardent pétrifiés. La terre s'ouvre, me boit, me suce. Des hurlements de terreur, des ululements de pénitence. Honte et remords. Je m'enfonce dans la terre. La terre est mon royaume. Sentir mon dos se durcir, redevenir roc. Amour ! Amour !…

« Et celui qui osera toucher une fille des eaux subira la colère de l'océan, il deviendra rocher ! »

AFFAIRE CLASSÉE

LA FEMME cessa de pleurer et ouvrit le ventre de son enfant mort. Le couteau déchira dans la peau, s'enfonça dans la chair déjà bleue. Le sang ne coula pas. Elle tira les entrailles. Elle coupa. Elle arracha le petit cœur, cisailla les veines. Les poumons se recroquevillèrent dans un chuintement d'air. Elle vida le corps. Les larmes étaient comme de l'acide sur ses joues. Elle se remit à hoqueter, à trembler. Elle jeta les organes dans le sac-poubelle. Ses mains collaient, la chair pourrie avait sécrété un liquide gluant et nauséabond. Elle mit l'enfant dans la baignoire, lava le corps vide. Elle prit son sac, sortit les sachets, bourra le ventre de l'enfant et recousit la peau. Elle injecta le formol dans les veines éclatées. Elle habilla le cadavre. Personne ne songerait à y trouver de la drogue.

Elle sortit. Elle ne savait pas que c'était la nuit. Tout était déjà si noir. Tout était déjà si obscur. Elle n'entendait pas la mer qui se caressait et geignait sur les plages. Elle n'entendait pas les vagues qui léchaient les coques des bateaux. Elle ne voyait que cette lumière qui brillait là sur le boutre. Elle marchait droit devant elle, serrait le petit corps contre elle.

Elle monta sur le navire, ne prit pas conscience de son précaire équilibre. Elle descendit dans la cabine. L'homme l'y attendait.

– C'est fait ?

Elle pleura. Elle pleura. L'enfant mort roula sur le plancher de bois du navire. On aurait dit une poupée de pierre, une sculpture d'argent, d'or ou de cuivre. La femme gémissait, lovée sur son propre corps. Elle voulut que ses pleurs fussent de pointes et de sagaies. Elle voulut s'empaler sur les lames de ses larmes.

L'homme empoigna sa chevelure et lui releva la figure. Elle ne le voyait pas. Elle ne voyait rien. Rien. Rien. Rien. Rien...

RIEN !

Elle tomba sous les coups, elle tomba sous les crachats. L'homme la rattacha sous la couchette et s'en alla. La femme étouffa ses pleurs mais vit à la hauteur de son visage l'enfant mort qui roulait au plaisir des tangages du boutre. Elle hurla à s'en éclater la gorge et la conscience. Elle hurla et le sang coula de ses narines, le sang coula de ses yeux. Elle hurla et sentit à ses tempes comme un déchirement fulgurant. Elle y délivra son âme et devint folle.

C'était également sous cette couchette qu'elle avait délivré son enfant. Son ventre touchait presque la planche de la couchette. Elle aurait voulu remonter les deux jambes pour ouvrir son vagin et sortir l'enfant. Elle aurait voulu avoir plus d'espace. Elle gémissait, appelait au secours. Ses mains s'écorchaient sous ses liens tandis qu'elle sentait ses os se briser. L'enfant ne voulait plus de son giron, l'enfant forçait le passage. Elle poussa. Elle poussa. Elle pleurait. La vie de l'enfant faiblissait en elle. Elle sentait que son souffle se rétrécissait et se retirait doucement de son cœur. Elle ne voulait pas. Non, elle ne voulait pas. De toute son âme. De tout son amour. Elle cogna sa tête contre la couchette. Elle ne cessait de hurler. Elle avait mal. L'enfant ne bougeait plus. Elle paniqua et tapa du pied sur le plancher. C'était à ce moment que l'homme réapparut. Il avait vite compris. Il entra ses mains en elle, rattrapa la tête de l'enfant. Il avait tiré. Il avait tiré comme un dingue. La femme ne voulait pas. Elle savait que la vie avait quitté l'enfant. Elle referma les jambes. Elle contracta tous ses muscles pour ravaler l'enfant au plus profond de son ventre. Elle hurlait. Elle criait qu'il ne fallait pas, qu'il ne fallait pas... L'enfant ne doit pas s'en aller. Elle criait. L'homme l'assomma d'un coup sec dans la gorge.

Quand elle reprit conscience, l'enfant gisait à ses côtés. Au ras du sol. Sur le plancher. Le boutre tanguait. Dehors, un vent s'était levé. Les vagues étaient en colère. L'eau semblait si noire que l'on aurait cru que tout le ciel obscur s'y était versé. La femme ne savait rien de tout cela. Elle ne voyait que l'enfant nu et sanguinolent. Elle ne voyait que le petit être sans vie qui avait encore dans la bouche les herbes vaginales, et sur le ventre le long cordon ombilical. L'enfant était une petite fille, les cheveux lisses, la peau presque blanche, fleur des îles, métisse des tropiques. La femme pleura. La femme bloqua toute sa conscience et oublia que c'était son enfant. Elle pleurait toujours, elle ne faisait que cela. Elle n'était pas riche. Elle ne faisait que corrompre un pays déjà perdu dans la misère et dans l'oubli. Elle était noire. Elle était esclave, une fille de zombie, une possession des djinns…

L'homme rentra. Il jeta un sac sur le sol. La femme comprit. Ce n'était pas la première fois qu'ils faisaient ainsi : lui apportant son sac, et elle… elle…

Des fois, l'homme revenait de la ville avec dans les bras le cadavre d'un enfant en guenilles, un enfant recueilli, un enfant adopté. Et ils procédaient à leur sale besogne. Jamais l'homme n'avait assisté à la « chirurgie ». Jamais l'homme n'avait vu ses mains plonger dans les entrailles. L'homme était un civilisé. Elle ingurgitait des litres d'alcool. Elle se laissait balancer au rythme du boutre. Puis elle appelait l'esprit. Puis elle appelait les âmes errantes pour prendre possession de son être. Elle dansait en transe. Elle évacuait sa répugnance. Elle devenait comme un grand oiseau traversant la mer. Elle devenait comme un grand rapace qui fendait l'air. Elle se délivrait de tout et fondait alors sur le corps à vider. Elle n'appartenait plus à ce monde. Elle n'existait plus dans cette dimension.

Le boutre quittait ensuite le port, gagnait le large. Les garde-côtes ne s'étonnaient jamais de la présence de ces enfants qui se succédaient à bord, enfants sages et pleins de sommeil, enfants très bien élevés. Les garde-côtes n'avaient pas à scruter ces sommeils des anges. L'échange se faisait souvent au coucher du soleil. Un hors-bord les abordait, l'équipage embarquait les colis, l'homme recevait l'argent. Le boutre revenait au port. La couleur était pourpre sur tout l'horizon et l'océan était une immense voile éclatante. Rouge, couleur des rois. Rouge, couleur des souverains. Rouge, couleur de la Révolution.

Puis l'homme l'avait prise. Puis l'homme l'avait engrossée, était devenu fou. Il l'avait attachée sous la couchette, les bras en croix, les jambes écartées. Elle ne descendit plus à terre que ce jour où il avait jeté le sac devant elle, devant son bébé mort...

La femme était folle depuis longtemps mais elle ne le savait pas. Il y avait l'enfant grandissant en elle qui maintenait sa lucidité. Il y avait le fœtus qui se faisait homme, il y avait l'eau qui se faisait corps, un sursis pour sa raison, un compte à rebours.

L'homme l'avait détachée. Elle emballa l'enfant dans une toile qui puait le poisson. Elle descendit à terre, courait, pleurait.

– C'est fait ? C'est fait ?

Elle hurlait dans les rues et les gens se retournaient sur son passage. Elle hala un pousse-pousse. Elle monta, regarda l'homme robuste qui tirait sa voiture. Elle pleurait. Elle pleurait. Le tireur évitait avec soin les nids de poule qui trouaient l'asphalte. Il tirait.

Puis, elle était arrivée, avait monté les marches pourries, avait poussé la porte défoncée. Avait tranché, charcuté, bourré, recousu.

L'enfant roulait toujours sur le plancher de la petite cabine du boutre. La femme n'avait plus ses pensées. La femme n'avait plus ses regards. Elle était complètement folle.

L'homme faisait tous les bars du port. L'homme se soûlait comme le typhon s'enivrait de vent et de tourbillon. L'homme racontait toute son histoire à ses compagnons de bouteille. L'homme délirait. L'homme dégueulait sa vie de vieux mercenaire et de légionnaire perdu. Il atterrit dans un commissariat, avoua tout. On le retrouva le matin venu, la gorge tranchée, gisant dans les rigoles.

Le boutre brûla mystérieusement dans le port délabré. La folle. L'enfant bâtarde.

Affaire classée.

CHALAND SUR MER

SALAM A UN CHALAND sur mer, un boutre, un esquif. Et tangue et tangue l'âme des flots, les eaux haranguent le vent et le vent, le vent s'écrase, bouscule le chaland de Salam, son boutre, son esquif. Salam traîne sa mère, poigne sur le cœur. Il grince sur les pleurs de Mama-la-sienne. Il grince. Il grince. Et Mama-la-sienne, la plus adorée, la plus féconde, folle en sa tête pour trop avoir béé ses jambes d'amour et avorté ses légumes humains, refuse de se taire. Salam l'unique, seul vivant de mes frères, tire sa mère. Le sable crisse en ces pas coléreux, le sable croule en ces talons de béton.

Salam a un chaland sur mer, un boutre, un esquif qu'il est allé conquérir en un rivage niais. Le chaland de Salam se rebelle en ce lagon triste, en cette plage sablonneuse. Et la mère de Salam, Mama-la-sienne, ô hurleuse hors pair, muse des mouettes et des oiseaux-fous, pleure et grince en l'air toute sa conscience foutue.

Salam tire sa mère sur le doré du sable et la peau de Mama-la-sienne est désormais d'or et de brillance. Ses cheveux sont de fibres précieuses, de ficelles sacrificielles à tendre vers le ciel. Te pendre enfin ô Mama l'avorteuse, toute sienne et entière à Salam. Mama-la-folle qui sut dès sa naissance susurrer au vent la luxure des caresses. Mama-la-folle, Mama-la-brisure qui se balance sur la mer, la mer et l'infinité des courbes, des courbes et des courbes. Ô Mama toute sienne à Salam, tout entière à ce fils. Le sable crisse en ce lieu où le jour verse en tes yeux sa dernière lumière. Te rendre aux ténèbres les plus folles. À jamais, Mama-la-joie, à elles t'appartenir.

Salam a ce chaland sur mer. Il balance sa mère et elle sombre à fond, il la balance, il la cadence, il la violente et la violente au niveau des hanches. Danse, mère de Salam, danse et roule ! Elle sombre à fond. Croupe trop lourde, ventre ballottant. La mère de Salam s'étale sur ce rivage où la mer se tasse en silence coupable. Salam prend du sable et nourrit sa mère. Salam prend du sable et étouffe sa mère. Avale, mère de Salam, avale ! La main de Salam frémit comme sa mère se débat. Salam écrase le sable dans la bouche de Mama-la-sienne. Écrase Salam ! Écrase ! Tu vas la tuer ! La langue de sa mère palpite en bête monstrueuse, la salive mousse effervescente sur les grains de sable. Laver la souillure, ô Salam, laver notre souillure.

Amer dans la bouche. Salam pleure, bile à ras le cœur. Salam pleure, l'âme en rature. Salam pleure. La mère est morte sur cette beauté de sable. Et Salam prend sa parure de mort sur le visage de sa mère. Et Salam étend la parure de mort sur son visage décomposé. L'âme de Salam est couverte de voile de tristesse. Elle est coupée du monde et se déchire au fil du vent qui la transperce. Salam s'ouvre à la douleur. Salam se tranche en désespoirs. Salam hurle. Salam hurle auprès de son chaland et rame son âme en pleine mer. Rire Salam, rire ? Les lèvres se déchirent pour pourrir les délires. Pourquoi Salam, pourquoi ?

Voici la mère de Salam. La lame du sourire tranche dans sa bouche et fend ses lèvres pour une blessure voluptueuse. Voici la mère de Salam qui éclate son rire parmi les mouettes hurleuses. Sa robe lui colle à la peau, la suce et l'étreint. La femme s'habille et s'y fait un amour de fines caresses. Voici la mère de Salam qui se mouille la peau sur sa robe ruisselante. Elle se jette contre les vagues qui la ramènent sur le rivage. La robe de Mama-la-folle remonte sur sa croupe. Voici la mère de Salam qui est fendue au vent.

Un homme passe, s'arrête et la caresse. L'homme, sentant la bête, l'avait guettée depuis longtemps. Il se sentait durcir dans l'entrejambe et derrière son abri de roche et de coquille. Il voulut s'adoucir dans un cocon humide. L'homme se dirige vers Mama-la-folle, la caresse et lui tient discours. Tu es femme folle et je ne devrais perdre ma raison et ma salive entre tes jambes. Tu es femme folle et je ne devrais ouvrir tes jambes à ma raison et à ma langue. Il lui tient discours de caresse, de verge pénétrante et de bouche vorace. Tu es femme folle, tu es femme folle, folle à se fendre la raison, folle à se fêler la conscience.

La mère de Salam que l'on viole à l'envi s'écarte sur le sable et vomit de son sexe la semence de l'homme, la répand sur ses cuisses et se donne à lécher aux vagues de la mer. La mère de Salam est ainsi faite, elle sillonne la plage et se fend à chaque coup de vent et de verge. Elle dort entre les rochers, elle dort sur le sable. Les enfants la lorgnent, les adultes la violent. Et Salam, Salam, nous n'avons plus qu'à pleurer, qu'à nous taire.

Un chaland sur mer Salam ! Un esquif sous ciel pour loin emporter la mère. Et la perdre et la libérer ! Derrière l'horizon Salam ! Pas très loin du soleil où crament les âmes folles.

Salam explose sa colère dans le noir de son âme, dans le silence de sa misère. Salam attend son heure. Ô esquif ô chaland !

Salam a sa mère sur sable, sur sable la retrouve-t-il vautrée. Salam couvre la croupe de sa mère et caresse de pleurs son visage piteux. La morve de sa mère coule dans sa bave et Salam est lourd dans son cœur. Il voudrait s'enivrer des miasmes de ses tripes et s'y offrir à pourrir. La mère de Salam sourit aux mouettes et vole ses rires aux nues innocentes. Salam pleure à verse et érode ses joues de sillons haineux. Salam ! Salam ! Il s'en va.

S'en va, amer dans la bouche – c'est la rouille Salam ! –, la rouille des cordes vocales qui ont grincé pour toutes les misères, pour toutes les haines...

La fermentation haineuse de la salive qui n'a pu dégouliner sur la sale figure d'un rien qu'humain...

D'un rien qu'humain qui a violé la mère et qui en elle nous a déposés anonymes. Mais fils de folle que tu es Salam, fils de folle que je suis, la mer est notre géniteur ! Salam à toi ô enfant de l'Océan, cette folle un jour nous a conçus dans le vertige des houles, sur le pal du vent, dans la brise des dieux, hors des hommes et du soleil...

L'amer s'en va, les mots crevés et assassinés qui se décomposent dans les éruptions de la langue et qui n'ont pu trouver des linceuls de dire et de parole...

Et dans la bouche, dans la bouche, dans la tombe, le goût de toutes les colères, le goût de tous ces malheurs qui n'ont su découvrir les mots qu'il fallait pour se décrire.

S'en va Salam, les cendres de la voix cramée dans la fournaise des intolérances, l'enfant de l'Océan navigue sur les crachats des hommes...

Goût amer qui remonte à la cervelle de Salam, qui pourrit ses pensées de fils de pute et d'enfant vomi.

Dans la bouche, dans la bouche de Salam, du bout de sa langue, de la fente de ses lèvres qui s'apprêtent à s'ouvrir, à s'ouvrir encore pour goûter les ondées qui saignent des yeux et qui perlent de la violence : une amertume ? Non, une révolte !

La mer se donne indécente à l'horizon ouvert et geint sur ses flancs un frêle chaland.

Salam ! Salam ! Cet esquif pour couler la mère vers les eaux éternelles ! Et la soustraire aux hommes et l'effacer des souvenirs...

Salam ! Tout est calme !

Il est calme ce soir sur la mer en beauté, il est calme ce soir sur le rivage en marée. Salam émerge l'amer de son âme et l'amarre sur le stress de ses nerfs. Salam est tendu ce soir sur les courbes des vagues, écartelé, déchiré...

Des frissons soufflent en lui et éteignent sa raison. Ô Mama-la-folle, Mama-la-folle, quel fils vogue ainsi son âme vers le gouffre de tes pleurs ? Salam naufrage sa conscience et sombre dans la furie.

Ce soir sur la mer en beauté, ce soir sur le

rivage en marée, les nerfs de Salam tendus sur les courbes des vagues, amarrés sur son esprit ensanglanté...

Il est calme cet instant où la nuit de Salam n'explose pas sa bile noire sur le soir étoilé.

Il est si rare ce doux moment ! Comme un goût de cyanure au seuil de l'enfer...

Salam aperçoit le chaland sur mer, sur mer le voudrait-il sien. Pour voguer l'existence de la mère et la voiler sur un vent de bonheur. Salam court, Salam se précipite, n'entend plus rien, n'entend plus mes cris. Il coupe l'ondulée des vagues et s'étire vers le chaland. Il nage. Il nage. Les nerfs de Salam sont tirés par le courant, cassés, brisés, le flagellent et le pendent sur un noir désir. Salam touche le chaland presque pourri, s'encorde à ses nerfs et monte et monte...

Un chien lui saute dessus. Salam ! Ta gorge Salam ! Ta gorge ! Salam hurle à l'enfer et damne ses cris à la peur éternelle. Il sent des griffes sur son visage, sur son cœur, sur son âme. Ô Mama-la folle ! Mama-la-folle...

Le chien l'immobilise et palpite et palpite la gorge de Salam. Il s'enivre de l'haleine de la bête et se met à pourrir dans sa froque de peau. Salam faisande sa chair et la défèque sur une panique sans borne. Le corps de Salam n'est plus qu'un sac plein d'ordure et de lâcheté.

Et la langue du chien vient fendre les lèvres de Salam. La langue du chien vient suinter sa bave dans la salive de Salam. Salam hurle et ses cris sont des vomissures que le chien relape. La langue du chien est longue vers la gorge de Salam et Salam bée sa bouche en abîme. Ô Mama-la-folle ! Mama-la-folle ! Ce fils déverse son âme en des gueules puantes et sans fond. Salam caresse le flanc du chien qui se met à gémir, à baver encore plus. Et Salam hurle, se tend et déchiquette ses nerfs. Ses mâchoires se ferment sur la langue du chien et il mord, il mord jusqu'au sang. Un long hurlement, ô Mama-la-joie, un long filament de cri et de souffrance glisse du chaland et s'écoule vers la plus profonde des mers. La bête gicle de sang et se soûle de douleur. Salam ne bouge. Il ne peut desserrer ses mâchoires et jeter ce bout de langue qui saigne encore dans sa bouche. Le chien vrille par-dessus le chaland et se donne en proie aux profondeurs obscures. Salam ! Il pleure.

Pleure sur cette odeur de sang dans la gueule. Mais je dis, ô Salam, je te dis, ô mon frère : « Jubile donc ! Jubile de sentir dans ta bouche le goût amer de cette mort. Jubile de sentir ton âme se corrompre dans cette salive. Bientôt, ô mon frère, bientôt tu la cracheras ton âme, tu la vomiras, la dégueuleras. Jubile donc de te crever jusqu'au bout de ta colère, de te libérer, de te détruire. Car trop colère n'est plus que honte, trop colère n'est plus qu'humiliation sans issue. Il vaut mieux mourir, partir… »

Salam desserre ses mâchoires et vomit et vomit

et vomit encore. Salam mon frère, Salam mon jumeau ! Ce chaland sur la mer pour vous perdre vers les gouffres amers…

Salam n'oublie pas la mère. Ô Mama-la-sienne, Mama-la-folle, la plus féconde en ce jour de départ, féconde d'amour et d'espoir ; féconde de joie et de jubilation. Salam a la mère en son cœur. Il plonge dans la mer et nage vers le rivage. Salam ! Salam ! Mien-frère à jamais !

Rire Salam, rire ? Les lèvres se déchirent pour pourrir les délires. Tue Salam ! Tue ! La mère gît sur le sable et tu me regardes immobile, pleurant au soleil. Je n'ai pas conquis le chaland, ô Salam ! Nul boutre, nul esquif ! N'ai eu nul courage pour défier le monstre, pour tuer la mère. Nul courage Salam pour la soustraire à tous ces viols, malheurs et misères ! Salam prend la mère dans ses bras et se dirige vers le chaland.

M'éloigner, ô Salam ! M'éloigner enfin ! Pouvoir me tourner sur ces rivages où une foule en merde se tasse, se bronze et se décompose sous la lourde chaleur…

MASSA

JE REVIENDRAI, Massa, polir les os de ton corps. Je reviendrai une nuit. Je reviendrai une autre nuit à plein cri, à pleine souffrance. Ô Massa, sur les pleurs de la fleur qui se ferme à l'obscur. Sur les feuilles de l'azur qui s'assèchent dans le gris. Je reviendrai, Massa, en pleine nuit. Je reviendrai en larmes, masqué dans les pans de l'horizon qui se seront faits brouillards. Massa ô Massa.

J'aurai pris la terre qui recouvre ton corps et l'aurai répandue sur toute mon âme. J'aurai pris la terre, ô Massa, et m'y serai enfoui pour te revivre encore. J'aurai pris la terre. J'aurai pris toute cette poussière que tu es devenue.

Près de tes restes, m'allongerai nu. Chair et âme affligées. M'allongerai en chaleur dans l'étouffement de ta tombe. Je reviendrai, Massa, près des os de ton corps me durcir comme une vague trop plane. Je reviendrai, je reviendrai.

Vomi par une nuit trop pleine, j'aurai éclos dans toute ma douleur, j'aurai brisé mes larmes sur toutes ces ténèbres qui fouettent la vue. J'aurai rampé, rampé vers toi.

T'aurai étreinte, t'aurai plaquée contre mon corps. Et sur une lueur qui éclate ma raison, j'aurai sombré, Massa, nos esprits dans la plus profonde des folies. J'aurai recouvert tes os dans le linceul de mon âme morte.

Près de tes restes, m'allongerai nu. Chair ou corps déchiqueté, chair ou corps que j'aurai cinglé de mes nerfs brûlants. Près de tes restes, Massa, me marquerai de mille rayures, de mille blessures et de mille plaies.

Je ne dirai plus au vent de ne point souffler ton âme, je ne dirai plus au temps de ne point clore tes paupières. J'aurai prié, ô Massa, que la roche de ton cœur roule sur mon amour et qu'elle l'écrase comme un fruit mûr. J'aurai prié, Massa, notre mort pour qu'ici, dans cette tombe, nous nous retrouvions.

J'aurai pris la terre qui recouvre ton corps et l'aurai répandue sur toutes mes souffrances. J'aurai pris la poussière que tu es devenue et m'en serai vêtu comme une pierre froide qui s'enroule dans la cendre. Je t'aurai prise, ô Massa, comme une poudre que l'on répand sur toute la peau. Je t'aurai prise sur toute ma peau.

Je reviendrai, Massa, polir les os de ton corps et cette nuit sera pour toi la plus merveilleuse des nuits. Nuit coupée de lueurs, nous verserons la lune dans notre couche en abîme. Cette nuit, ô Massa, notre tombe s'illuminera de la plus belle des lumières.

Et tu ne diras plus que le ciel s'effeuille et que pâlit ton horizon. Tu ne diras plus que ce soir, tu as mal, ce soir, tu as trop mal de vivre. De vivre ta misère ô Massa dès le lever du soleil. De verser ta misère dans le premier chant du coq. Nous aurons la lune dans le creux de notre mort.

Et j'aurai bu, Massa, la liqueur vénéneuse qui coule de ton front. Je me serai roulé dans la toge humide qui ceint ton corps. Et j'aurai dansé, me serai, furieux, roulé dans les toux qui ébranlent ta poitrine. Me serai miré dans ce regard qui s'égare dans tes propres yeux. J'aurai pu, ô Massa, réfléchi par ce regard, me perdre tout en toi.

Près de tes restes, me faire nu. Près de tes restes, me faire raide. Et me bander tout entier pour supporter l'obscur qui tombe. Me bander tout entier pour endurer les caresses de la nuit. Je reviendrai, ô Massa, revivre auprès de toi toutes nos nuits d'amour.

Celles d'avant où la pluie ne pénétrait ton sang, celles d'avant où la malaria ne venait éclater tes veines. Tu ne trembleras plus Massa que d'amour et d'orgasme.

Près de tes restes. Me faire nu. Près de tes restes. Me faire raide. Me faire aussi raide…

Et dans la poussière de tes restes, Massa, je rechercherai les bouts de tes ongles. Je retracerai, Massa, tes griffures sur les rayures que je me serai faites. J'y coulerai alors ta poussière, je t'y coulerai rivière d'au-delà, rivière d'argent, rivière d'or. Un long filament d'amour qui ira nous unir au ciel.

Je reviendrai polir les os de ton corps. Je reviendrai une autre nuit inhibée de fièvre, une autre nuit malade de toi. J'aurai oublié, Massa, de suinter de mes pores tout le pus de mon âme décomposée. J'aurai oublié, Massa, de respirer sur les miasmes de la terre pourrie. J'aurai oublié de penser à toutes ces pluies qui se déversent, déversent sans discontinuer.

Et nous penserons à la ville, ô Massa. Nous penserons sur la feuille qui ira nous envoler vers ces terres saines. Nous ne penserons pas un instant qu'elle pourrait se plaquer tout contre la boue, nous ne penserons pas un instant qu'elle pourrait se déchirer sous l'illusion. Nous penserons, Massa, sur un lambeau de ciel qui ira nous rabattre sur une autre terre.

Et quand je t'aurai toute coulée en moi, toi poussière sur la roche de mon corps raide, j'irai, ô Massa, nous coucher sur la peau de la nuit qui s'étend sur toute cette terre.

Je reviendrai, Massa, écraser les restes de ton corps. Je reviendrai une nuit d'éclair, une nuit d'orage, brisure de rage, éclat de fureur, me fendre entier sur le tonnerre. J'aurai taillé, Massa, dans la pierre et aurai avec ce pilon réduit tes os en poudre. J'y aurai craché, Massa, craché, craché toute mon âme.

Et nu et raide, je saurai que je pourrai franchir ces lieux inondés. Je t'aurai emportée dans mes bras, ô Massa. Je t'aurai emmenée loin de cette terre insalubre. Sous la pluie, sous la pluie qui ne cesse de tomber, sous la pluie qui ne cesse de grossir de nos larmes. Je saurai, Massa, que le ciel sera trop plein de toi et que tu viendras couler en moi le long des éclairs qui s'abattent. Je t'aurai emmenée très loin d'ici.

Je reviendrai, Massa, avec mon pilon, je reviendrai broyer ton corps en décomposition. J'aurai écarté, Massa, ta chevelure et aurai sur ton front abattu ma pierre. J'aurai abattu ma pierre, Massa. J'aurai abattu. Sans discontinuer. Sans me lasser. Et tu te sentiras aussi légère que ce mal qui t'a enivrée sur ton lit de mort. Tu te sentiras souffle s'en allant, tu te sentiras vie s'éteignant. Tu auras rejoint mon âme, ô Massa, tu m'auras rejoint dans les royaumes des âmes maudites. Et j'aurai craché, craché dans la poudre que tu es devenue. J'aurai craché et mélangé. J'aurai obtenu, ô Massa, une pâte lourde de toi, lourde de toi que je verserai dans un récipient d'argent, récipient d'argent, coupe des dieux. Puis je partirai, Massa. Je quitterai notre tombe. Je t'emmènerai chaude et broyée, loin d'ici.

Je reviendrai te prendre, ô Massa, sur une nuit d'orage et d'éclair. Je reviendrai noyé dans les larmes de la pluie. Je reviendrai en douleur sur les coups des tonnerres. Je t'aurai versée, Massa, dans mon récipient d'argent. Je t'aurai transportée enveloppée dans les pans de mon amour.

Et nu et raide, j'aurai couru à travers ces lieux désertés, j'aurai franchi les plaies ouvertes dans la terre, j'aurai franchi les boues, Massa, les marécages, les sables mouvants. Et loin, loin, je verrai mourir les villages. Je verrai des bûchers, je verrai le feu dévorer les chairs malades. Je verrai un maigre enfant se corrompre noir et gangreneux sous un tas de brindilles et de feuilles mortes. J'aurai couru, Massa, sans avoir respiré l'humeur de cette terre agonisante. Je t'aurai emmenée loin, très loin d'ici.

Et tu ne diras plus que ton ciel s'effeuille et qu'il laisse ton corps raide comme un arbre mort. Tu ne diras plus, Massa, que la tienne terre a fondu dans ta chair et n'y a laissé qu'une fange putride. Tu n'auras plus à déchirer ta peau pour écouler la boue de ta chair.

Je t'aurai masquée sous d'autres horizons et t'aurai découverte sur une autre terre. Je t'aurai dévoilée nue, ô Massa, sous un soleil qui ne brille que de nous.

J'y aurai déposé, Massa, la pâte lourde de toi. Je l'aurai offerte au vent, je l'aurai offerte dans la coupe de mes prières au souffle créateur du ciel.

Puis je taillerai, Massa, dans la roche pour te revivre encore. Je retracerai dans cette roche les courbes de ton corps. Je me serai coulé, rivière d'amour, dans les chutes de tes reins. J'aurai redessiné tes seins, tremblant et fébrile, tes hanches, ton sexe, tes jambes. J'aurai rouvert tes yeux sur un éclat de la pierre, refait ton sourire sur une blessure de la pierre. J'aurai sculpté ton corps, ô Massa, sur le plus beau des rochers.

Et nu et raide, je prendrai la pâte lourde de toi. J'y cracherai encore, Massa, et en enduirai la statue. Je l'aurai enveloppée de toi et nulle image, nulle apparence de femme ne sera plus belle. Je déshabillerai les fleurs et la couvrirai de mille pétales. Je déshabillerai le ciel et la vêtirai de brume. Puis je soufflerai, Massa. Je soufflerai pour la revivre, pour te revivre.

Je reviendrai te sombrer dans mes bras. Je reviendrai une autre nuit à plein cri, à plein souffle. Et je t'aurai vue, ô Massa, corps enduit d'amour, te lever d'entre les roches, courir vers moi. Je t'aurai vue, Massa, je t'aurai vue vivre encore. Vivre. Vivre…

Toujours.

TABLE

collection motifs

1 - Martin Amis, *Le Dossier Rachel*

2 - Émile Ollivier, *Mère-Solitude*

3 - Marina Warner, *Un père égaré*

4 - Sergi Pàmies, *Aux confins du fricandeau*

5 - Margaret Atwood, *Faire surface*

6 - Patrick Boman, *Le Palais des Saveurs-Accumulées*

7 - Edilberto Coutinho, *Onze au Maracanã*

8 - Albert Londres, *Terre d'ébene*

9 - Wilson Harris, *Le Palais du paon*

10 - Velibor Colic, *Les Bosniaques*

11 - Kenji Miyazawa, *Traversée de la neige*

12 - Albert Londres, *Pêcheurs de perles*

13 - Timothy Findley, *Guerres*

14 - Quim Monzó, ... *Olivetti, Moulinex, Chaffoteaux et Maury*

15 - James Purdy, *Je suis vivant dans ma tombe*

16 - Albert Londres, *Le Chemin de Buenos Aires*

17 - Lygia Fagundes Telles, *Un thé bien fort et trois tasses*

19 - Còstas Hadziaryìris, *Le Peintre et le pirate*

20 - Benjamin Tammuz, *Le Minotaure*

21 - Kenji Miyazawa, *Train de nuit dans la voie lactée*

22 - Albert Londres, *Marseille, porte du Sud*

23 - Jean Galmot, *Un mort vivait parmi nous*

24 - Abdourhaman A. Waberi, *Le Pays sans ombre*

25 - Marcel Rouff, *La Vie et la passion de Dodin-Bouffant, gourmet*

26 - Gobineau, *La Danseuse de Shamakha*

27 - Raymond Cousse, *Stratégie pour deux jambons*

28 - James Purdy, *Chambres étroites*

29 - Jean Galmot, *Quelle étrange histoire*

30 - Adam Shafi Adam, *Les Girofliers de Zanzibar*

31 - Velibor Colic, *Chronique des oubliés*

32 - Marcel Rouff, *Les Devoirs de l'amitié*

33 - Octave Mirbeau, *Contes de la chaumière*

34 - Timothy Findley, *Le Dernier des fous*

35 - Saintine, *Picciola*

36 - Lygia Fagundes Telles, *L'Heure nue*

37 - Albert Londres, *Tour de France, tour de souffrance*

38 - Natsume Sôseki, *Botchan*

39 - Emmanuel Dongala, *Jazz et vin de palme*

40 - Claude Tillier, *Mon oncle Benjamin*

41 - Kjell Askildsen, *Les dernières Notes de Thomas F.*

42 - Reinaldo Arenas, *Adiós a Mamá*

43 - Albert Londres, *La Chine en folie*

44 - Albert Londres, *Chez les fous*

45 - Albert Londres, *Les Comitadjis*

46 - Olivier Saison, *Lux*

47 - Octave Mirbeau, *Dingo*

48 - Mats Wägeus, *Scène de chasse en blanc*

49 - Marcel Rouff, *Au grand Léonard*

50 - Théo Varlet, *Le Roc d'or*

51 - Nkem Nwankwo, *Ma Mercedes est plus grosse que la tienne*

52 - Aminata Sow Fall, *Le Jujubier du patriarche*

53 - Moacyr Scliar, *Le Carnaval des animaux*

54 - Dritëro Agolli, *L'Homme au canon*

55 - Georges Darien, *Biribi*

56 - Hasse Bildt Lindegren, *Le Maraudeur*

57 - Richard Lesclide, *La Diligence de Lyon*

58 - Gaston Leroux, *L'Agonie de la Russie blanche*

59 - Albert Londres, *Au bagne*

60 - Étienne Goyemidé, *Le dernier Survivant de la caravane*

61 - Iouri Mamléiev, *Chatouny*

62 - Albert Londres, *Le Juif errant est arrivé*

63 - Dany Laferrière, *Le Charme des après-midis sans fin*

64 - Kenji Miyazawa, *Le Diamant du Bouddha*

65 - John Hawkes, *Le Gluau*

66 - Yotam Reuveny, *Du sang sur les blés*

67 - Albert Londres, *Dante n'avait rien vu*

68 - Lygia Fagundes Telles, *La Structure de la bulle de savon*

69 - José Donoso, *Ce Lieu sans limites*

70 - Carmen Boullosa, *Duerme, L'Eau des lacs du temps jadis*

71 - Arturo Uslar Pietri, *Les Lances rouges*

72 - Dany Laferrière, *Pays sans chapeau*

73 - Ook Chung, *Nouvelles orientales et désorientées*

74 - J.-M. Coetzee, *Au cœur de ce pays*

75 - Natalia Ginzburg, *La Mère*

76 - Hilda Hilst, *Contes sarcastiques*

77 - Guillaume Clémentine, *Le Petit Malheureux*

78 - Yanagita Kunio, *Les Yeux précieux du serpent*

79 - Hwang Sun-Won, *La Petite Ourse*

80 - Caroline Lamarche, *J'ai cent ans*

81 - Albert Londres, *L'Homme qui s'évada*

82 - John Cheever, *Falconer*

83 - Abdourahman A. Waberi, *Cahier nomade*

84 - Nathalie Kuperman, *Le Contretemps*

85 - Earl Lovelace, *La Danse du dragon*

86 - Gisèle Pineau, *La Grande Drive des esprits*

87 - Henri-Frédéric Blanc, *Le Lapin exterminateur*

88 - Romesh Gunesekera, *Récifs*

89 - Dany Laferrière, *Comment faire l'amour avec un nègre sans se fatiguer*

91 - Amin Zaoui, *Sommeil du mimosa*

92 - lydia Lunch, *Paradoxia, Journal d'une prédatrice*

93 - Abdulrazak Gurnah, *Paradis*

94 - Trevor Freguson, *Train d'enfer*

95 - Margaret Atwood, *La Petite Poule rouge vide son cœur*

96 - Raharimanana, *Lucarne*

Impression réalisée sur CAMERON par

BUSSIÈRE CAMEDAN IMPRIMERIES

GROUPE CPI

à Saint-Amand-Montrond (Cher)
en décembre 2001

Dépôt légal : décembre 2001.
Numéro d'impression : 015730/1.

Imprimé en France